Emilia Pardo Bazán (La Coruña, 1851-Madrid, 1921) está considerada una de las mejores escritoras de la literatura española del siglo XIX. Novelista, cuentista, ensayista e historiadora, cultivó, según sus propias palabras, un estilo ecléctico dentro del realismo. De fuerte personalidad, desempeñó un papel decisivo en los ambientes culturales de la época por su talante sumamente liberal. A pesar de pertenecer a una familia aristocrática, estuvo comprometida con distintas causas sociales, entre las que destacan la defensa de los oprimidos y los derechos de la mujer. Poseedora de una vasta cultura, ocupó desde 1916 la cátedra de lenguas neolatinas de la Universidad de Madrid. Inició su carrera como novelista con *Pascual López* (1879) y con *Un viaje de novios* (1881). En *Los Pazos de Ulloa* (1886) –su obra más conocida– deja entrever su interés por la recreación de ambientes opresivos de su Galicia natal, su preocupación por los conflictos sociales y su maestría en la descripción de unos personajes cuyas vidas quedan determinadas por el «fatalismo de la moral natural». Repitió este esquema naturalista en *La madre naturaleza* (1887), *Insolación* (1888), *Morriña* (1889), *La piedra angular* (1891) y *Doña Milagros* (1894). No obstante, hacia principios de siglo se acercó al modernismo, con títulos como *La quimera* (1905), *La sirena negra* (1908) o *Dulce Sueño* (1911).

Eva Acosta es la autora de la minuciosa biografía *Emilia Pardo Bazán. La luz en la batalla* (2008), que recoge los datos más relevantes de la vida de esta gran escritora de un modo claro y asequible, poniendo, además, especial énfasis en su vertiente feminista.

EMILIA PARDO BAZÁN

Insolación
(Historia amorosa)

Introducción de
EVA ACOSTA

PENGUIN CLÁSICOS

Papel certificado por el Forest Stewardship Council®

Penguin
Random House
Grupo Editorial

Primera edición: febrero de 2021

PENGUIN, el logo de Penguin y la imagen comercial asociada son marcas registradas
de Penguin Books Limited y se utilizan bajo licencia.

© 2021, Penguin Random House Grupo Editorial, S. A. U.
Travessera de Gràcia, 47-49. 08021 Barcelona
© 2021, Eva Acosta Rodríguez, por la introducción
Diseño de la cubierta: Penguin Random House Grupo Editorial / Sergi Bautista
© ACI / INDEX, por las imágenes de la cubierta

Printed in Spain – Impreso en España

ISBN: 978-84-9105-489-4
Depósito legal: B-20.588-2020

Compuesto en Comptex & Ass., S. L.

Impreso en Black Print CPI Ibérica
Sant Andreu de la Barca (Barcelona)

PG 5 4 8 9 4

Índice

INTRODUCCIÓN

Pocos críticos contemporáneos supieron prescindir de adherencias extraliterarias al valorar *Insolación*, considerada en su día una especie de osado divertimento; en cambio, el paso del tiempo ha colocado esta obra menor entre las más destacadas de su autora. Varios son los motivos, y quizá sean extraliterarios, precisamente, los dos principales: el tema, que casi podemos calificar de feminista, y el enfoque, mucho más próximo a la sensibilidad actual que a la de entonces. Pero algún otro atractivo debe de haber para que se multipliquen sus reediciones y, sin duda, ese algo es la maestría de Emilia Pardo Bazán, que supo utilizar en proporciones justas los ingredientes narrativos de que disponía —incluso adelantándose en ciertos procedimientos— hasta conseguir un producto redondo: aparentemente ligero, pero con las suficientes capas de profundidad como para dar pie a más de una lectura. Una seductora levedad formal envuelve el cuidado equilibrio de su estructura, y una aguda capacidad de observación y de análisis hacen que atraiga hoy tanto como en su momento sorprendió y hasta escandalizó.

«Una novela tengo empezada. Me ocurrió la idea durante el viaje (ya sabe V. que en el tren se produce cierto eretismo del ce-

rebro y acuden planes de obras) y hasta el título: *Insolación*.
Estoy rabiando por escaparme al campo para hacerla: será
cosa breve, y cuento con que en todo el mes de Julio la he de
despachar.» El fragmento pertenece a una carta, fechada en
La Coruña el 16 de junio de 1887, que a su vuelta de Madrid
Emilia Pardo Bazán dirigió a Benito Pérez Galdós. Lo del
eretismo cerebral de origen ferroviario —en fisiología se llama eretismo a una exaltación de las propiedades vitales de un
órgano— era un hecho en Emilia; el usar un vocablo tan es-
pecífico, un resabio de narradora naturalista, y el campo en
cuestión era la Granja de Meirás, donde solía pasar buena parte del verano en familia, descansando del trajín social y escri-
biendo. La fase de redacción debió de ser fluida, porque un
año después ya había galeradas de la obra; así se lo comunicaba en julio de 1888 a José Lázaro Galdiano, a quien acababa de conocer en la Exposición Universal de Barcelona. Aún
pasarían ocho meses hasta que el libro se publicara. En ese
lapso de tiempo, amén de redactar otra novela, *Morriña*, para
faire pendant —a Pardo Bazán le agradaba emparejar novelas en ciclos de dos—, la autora hizo abundantes matizacio-
nes estilísticas del texto y laboriosas correcciones tipográfi-
cas, con las consiguientes idas y venidas de pruebas entre La
Coruña o Madrid y Barcelona, donde se publicarían ambas
obras (Imprenta de los Sucesores de N. Ramírez y Cía), a lo
que se añadió la supervisión de ilustraciones que las acompa-
ñaban. Por fin, en marzo de 1889 vio la luz *Insolación. Historia amorosa*, con la dedicatoria «A José Lázaro Galdiano en
prenda de amistad»; poco después apareció *Morriña. Historia
amorosa*, dedicada esta vez «A Carmen Almaric y Osorio de
Espinosa en prenda de antigua amistad». Posteriormente, la

novelista las agruparía en un mismo tomo de sus *Obras completas*.

Insolación aparecía en un momento muy significativo para Emilia Pardo Bazán. Hacía pocos años que se había separado *de facto* —aunque privadamente— de su esposo, y desde entonces vivía en una situación bastante inusual para la época, pues la separación matrimonial no se consideraba una opción en la escala vital de la mujer. De esa forma había ganado libertad de acción —en particular, estancias anuales en París—, pero había vuelto a depender en lo económico de sus padres. En 1889 su voluntad de dedicarse profesionalmente a la literatura ya estaba consolidada gracias a una nómina de siete novelas de éxito progresivamente creciente, coronada por *Los pazos de Ulloa* (1886) y *La madre Naturaleza* (1887). Emilia era una personalidad conocida en el mundo de las letras españolas, y además había conseguido franca notoriedad por no ajustarse a los etéreos idealismos que eran de obligado cumplimiento para cualquier autora respetable; de hecho, muchos la veían como acérrima secuaz del denostado Zola, paladín del naturalismo francés, doblemente peligrosa por el naturalismo en sí y —¡horror!— por ser mujer. Pero ni las polémicas ni las críticas más envenenadas, que de todo hubo —sonadísimos fueron en 1882 sus artículos sobre la controvertida corriente literaria, que luego conformaron *La cuestión palpitante*—, habían conseguido disuadirla de su empeño. A estas alturas tenía muy claro que sólo mediante su trabajo podría independizarse del todo, y con el fin de conseguirlo iba dando pasos —trabajosos pasos— para ajustarse a los cánones que por entonces pautaban la labor de los escritores, algo que en buena medida exigía también colaborar en prensa. Emilia quería ser *uno* más en el panorama literario: se sabía con cualidades y deseaba llegar tan lejos como pudiera.

Otro aspecto importante en estos años era su evolución como narradora. El contacto directo con el ambiente literario francés —ella sostenía que viajar al extranjero era un deber casi higiénico para un escritor— la mantenía al corriente de las tendencias más novedosas, y no tardó en descubrir una especialmente interesante; así, recordaba: «... fue en marzo de 1885 cuando cayó en mis manos una novela rusa que me produjo una impresión muy honda: *Crimen y castigo*, de Dostoievsky...». Luego vendrían Turguéniev, Tolstói, Goncharov... El estudio de las novelas rusas la condujo en 1887 a pronunciar unas conferencias sobre el tema en el Ateneo de Madrid, y, paulatinamente, la impulsó a dar una orientación más psicologista a sus escritos —visible ya en *Los pazos de Ulloa* y en *La madre Naturaleza*—, al igual que hacían destacados autores franceses como Edmond de Goncourt, Paul Bourget o Joris-Karl Huysmans. Según ella, este naturalismo *mitigado* huía de crear novelas «documentarias» —así llamó a las obras naturalistas que seguían la regla estricta—, y pretendía recobrar «... la certeza de una armonía o reconciliación indispensable entre el espíritu y la materia, entre la poesía y la verdad, la línea y el color». Así, de un plumazo, conceptos zolescos como el determinismo pasaban de ser ley inexorable a posibilidad objetable, aunque no por ello agradaban a Pardo Bazán las exageraciones modernistas; prefería una novela más equilibrada, donde el estudio interno de los personajes se combinara con la observación de la sociedad. De este proceso da fe una carta que en octubre de 1890 escribió a José María de Pereda:

En mi interior, hace bastantes años, dos o tres lo menos, que no ajusto mi labor a canon alguno, sino cierro los ojos y dejo correr la pluma. No lo hago de propósito, sino porque de otra manera, con el ajuste de procedimientos que escribí *La Tribuna*, estoy convencida de que hoy no sabría trazar dos renglones.

No me defiendo en este terreno porque considere ignominioso el ajustarse a una escuela, sino porque comprendo que no me ajusto. Fuera de eso, siempre se me ha figurado tan pueril el no querer ser clasificado, como el clasificarse deliberadamente y para toda la vida. Mal que nos pese, formamos parte de una época literaria, y en ella nos ha de considerar la crítica de la edad venidera.

Aparte de eso, como yo tengo el espíritu muy elástico y muy irradiador, estoy sufriendo en mis últimos años de juventud o primeros de madurez mejor dicho, esa reacción natural que nos [¿convierte?] hacia lo que dejamos atrás; y hoy me gustan muchísimo las cosas finas y suaves, y el naturalismo crudo o lo que aquí se entiende por tal, sin parecerme reprobable artísticamente hablando, por cuenta propia ya no me agrada o, si quiere V. no me divierte.

Por último, también éstos eran tiempos importantes en el plano personal. Casada a los dieciséis años, Emilia Pardo Bazán había vivido sobre todo en Galicia, ajustándose al cerrado modelo que le dictaba su estatus como miembro de la aristocracia menor terrateniente: esposa y madre ante todo. Pero su afición autodidacta al estudio y su interés por el conocimiento en el más amplio sentido de la palabra la habían llevado poco a poco a explorar nuevos horizontes, y en 1889 pudo al fin cumplir uno de sus mayores deseos: instalarse en Madrid, donde además del mundillo intelectual y literario podía disfrutar de una intensa vida social. Exploraba, asimismo, una parcela sentimental que había tenido acotada durante años, y, junto con la vivificante emoción del éxito literario, experimentaba otras emociones más íntimas. Era un momento de apertura: años en que la correspondencia con sus colegas de letras la llevó a plantearse una nueva cercanía en los afectos, basada en la afinidad de intereses. Eran los años de su relación con Benito Pérez Galdós y de su breve, brevísima, historia amorosa, pronto devenida amistad, con José Lázaro Galdiano.

Varias claves formales y temáticas definen *Insolación*. Entre las últimas destaca por su osadía —para la época— el enamoramiento de Francisca de Asís Taboada, marquesa viuda de Andrade, y el guapo, rico y tarambana Diego Pacheco. La osadía radicaba en no presentar a la protagonista de una de las maneras *canónicas* con que se solía pintar a la mujer que vivía un trance así: como inocente víctima de un varón abyecto o, directamente, como un ser moralmente abominable (en el repertorio también se encontraba la *mujer fuerte*, roca de principios inamovibles). Y, sobre todo, en no aplicarle el justo castigo que cualquier pío lector esperaría de su conducta. Porque en la novela Pardo Bazán ponía a hombre y mujer en plano de igualdad y denunciaba, con irónica sutileza, la paradoja de la doble moral sexual de su época: actos idénticos provocaban reacciones opuestas, y sociedad y religión los medían con distinto rasero según quién los realizara. La hipocresía de las costumbres y el temor a la opinión de los demás, juez de conductas, estaban muy arraigados en la protagonista, con lo que su evolución como personaje —del desconcierto y la negación iniciales hasta el autoconocimiento y la aceptación— se enriquecía. Ése es el eje fundamental de esta *historia amorosa*.

Posee la obra otro factor de fondo basado en el juego entre afinidades y contrastes de la alta sociedad y las clases populares. El control de las vidas ajenas, la sujeción a unos principios no por tácitos menos implacables, pesaban, a su modo, lo mismo entre menestrales que entre aristócratas y bienestantes. Y, aunque las condiciones de vida de estos grupos diferían enormemente —y así se nos muestra—, unos y otros observaban y juzgaban, predecían y daban por supuestas las conductas guiándose por las apariencias. Además, dentro de cada uno de ellos había niveles: Asís no podía alcanzar ciertas cotas de soltura social que ejercía sin problemas la duquesa de Sahagún, y, por su parte, la camarera de un humilde merendero miraba por encima del hombro, desde un punto de vista social y moral, a la gitana pedigüeña. Paradójicamente, la presión también actuaba en sentido ascendente o descendente: Asís no sólo debía tener cuidado de no infringir los códigos de sus iguales, sino que también había de guardar el decoro ante los criados; las cigarreras madrileñas que celebraban un almuerzo en Las Ventas se consideraban superiores a los adinerados que utilizaban las fondas campestres como refugio de sus relaciones ilícitas... La interacción de ambos mundos es reiterada y hasta decisiva a lo largo de la novela, y la afición por parte de las clases acomodadas de entonces a ciertas maneras de cuño popular —el *casticismo* que marcaba las señas del *patriotismo*— establece otro vértice, no menos jugoso, en esta estrecha interacción entre contrarios.

Dos escenas clave para los protagonistas se desarrollan en ámbitos populares, a saber: la romería de San Isidro y una fonda de las Ventas del Espíritu Santo. Ambas localizaciones, por esos días en el extrarradio de la ciudad, eran clásicos de la literatura costumbrista madrileña: lienzos donde estudiar caracteres o *tipos* del pueblo y de la mesocracia *cursi* que allí se mezclaban para entregarse a excesos más o menos turbios o jocosos. Los escritores costumbristas, desde Mesonero Romanos hasta Enrique Sepúlveda, pasando por Antonio Flores, Ricardo Sepúlveda o Carlos Frontaura, destacaban por igual en aquellos escenarios la peligrosa presencia del vino y sus indeseables efectos, así como el bullicio y la promiscuidad. Pardo Bazán se ciñó sin recato a este recurso, ya anticuado a esas alturas de siglo, pero le dio un aire nuevo: no es un narrador-entomólogo quien observa las evoluciones de los seres que pululan por la romería como los de Hieronymus Bosch por *El Jardín de las Delicias*, centrado en anotar sus defectos morales, sino que uno de esos personajes es quien describe su experiencia en aquel ambiente de gloriosa pesadilla. Y, de igual manera, en Las Ventas el punto de vista de una Asís atribulada y confusa también dota de una nueva dimensión, más humana y menos nihilista, al merendero y a sus parroquianos, que hasta entonces sólo simbolizaban la sórdida y ridícula encarnación del ocio más bajo.

Insolación sorprende no sólo por su tema y por su trama, sino también por las opciones que toma su autora al plantearlos; para empezar, el lector oye la historia a través de varias voces, no siempre acordes a la hora de presentar los hechos. Un narrador en tercera persona comparte protagonismo —aunque casi nunca criterio— con la propia Asís, quien a veces cuenta en primera persona y a veces dialoga con otra voz, la de su conciencia, que se encarga de rebatir sus puntos de vista. La acción, además, no avanza en orden cronológico: ya en el capítulo II, el paréntesis de un salto al pasado ayuda a comprender las circunstancias del presente. Asimismo, dos planos, lo real y lo imaginado —o soñado—, conviven en la obra con idéntica importancia narrativa. El resultado es un conjunto sorprendentemente armónico y ágil pese a lo complejo del armazón, cuyo dinamismo subrayan la viveza de los diálogos y la chispa de los monólogos, interiores y exteriores. Esta polifonía narrativa adquiere aún más volumen con el juego de la ironía, fundamental en el narrador omnisciente. De esta forma, la diversidad de puntos de vista hace que el lector no pueda dar nada por sentado: *Insolación* le exige participar activamente, decidir a cada paso, sacar sus propias conclusiones.

Pardo Bazán también emplea con mano maestra —casi de directora de cine— el recurso de la elipsis, que escamotea escenas o planos dejando intuirlos; un estupendo ejemplo es el capítulo XII. Otra variante se produce en los capítulos XIX y XX, donde unos personajes observan y, guiados por su particular visión del mundo, cuentan la acción principal. Del mismo modo, en la novela abundan simetrías y paralelismos, nunca idénticos, siempre con una leve desviación que ilumina una nueva faceta. En este sentido es paradigmática la relación entre los almuerzos en la romería de San Isidro y en Las Ventas: dos situaciones muy parecidas pero de calado radicalmente distinto gracias al momento de la relación que los protagonistas viven en cada uno de ellos. La Asís alegre y achispada del innominado merendero del cerro de San Isidro da paso a la Asís inquieta, y un poco celosa, de la *Fonda de la Confianza – Vino y comidas – Aseo y equidad*, y el Pacheco inicial, algo tímido, al Pacheco confiado (quizá en exceso). En consecuencia, y, pese a la afinidad exterior de los decorados, las escenas resultan muy diferentes para el lector, y más aún para los personajes.

Pardo Bazán siempre había destacado por sus acertadas descripciones, y en *Insolación* acierta especialmente al captar el ambiente de la romería, verdadera catarata sensorial de olores, imágenes, sabores y sonidos; también en las ensoñaciones marítimas de Asís, derivadas del alcohol o de la tristeza, y, por contraste miniaturista, en el capítulo XI, el saloncito de confianza de la protagonista. Todos esos momentos tienen su razón de ser, se imbrican en la trama, le dan sentido, y distan mucho de las interpolaciones descriptivas o las temibles «lecciones de cosas», tan propias del naturalismo, que, de pronto, irrumpían en el decurso de la historia como un enorme meteorito para abrir un inmenso cráter en la narración. El contrapunto a los pormenores internos de Asís, sus idas y venidas entre deseo, culpabilidad, afecto, miedo y preocupación, lo marcan las ojeadas al mundo: las escenas de tertulia —con una nueva simetría-contraste entre el elegante salón de la duquesa de Sahagún y la apolillada sala de las tías de Cardeñosa— o bien los trayectos en coche, ya por el abigarrado panorama humano y equino del paseo de la Castellana, o por áridos desmontes donde el camino, paradójicamente, conducía tanto a los merenderos como a los cementerios. Aquí la gran observadora que es Pardo Bazán demuestra su destreza una vez más.

Ocupan lugar destacado en *Insolación* los personajes femeninos. En la semana de mayo que dura la acción de la novela, la protagonista —tan preocupada por la moda y por el estatus de su clase que oye misa en las Pascualas, la iglesia *ultrachic* del momento— tiene a su alrededor un abundante elenco de mujeres de lo más variopinto: desde aristócratas o burguesas hasta gitanas pedigüeñas, pasando por criadas o camareras, todas ellas individualizadas, con volumen y personalidad. Quizá al lector de hoy pueda parecerle políticamente incorrecto el modo en que Pardo Bazán caracteriza a las clases inferiores, pero la obra, no lo olvidemos, es hija de su tiempo; más allá del tópico, no deja de haber dignidad en las cigarreras de la calle Embajadores —la novelista conocía bien a las cigarreras coruñesas y era amiga de alguna de ellas— y hasta en la gitana que lee la buenaventura. En el centro de ese plantel femenino, Asís: una mujer de treinta años que creía controlar la comodidad de su anquilosado y previsible universo —aunque siempre bajo la amenaza de su severo confesor, el padre Urdax—, sosegada en lo emocional gracias a que su difunto marido, bastante mayor que ella, había dejado «dormir lo que no era para despertado»... Alguien que de pronto, sin comerlo ni beberlo, descubre algo para lo que no estaba preparada: un deseo que la desborda y que no sabe gestionar.

El causante de sus desvelos, Diego Pacheco, es el arquetipo de señorito andaluz y parece sacado de un álbum de *Tipos de España*, fiel al tópico acuñado por Estébanez Calderón hasta en sus requiebros amorosos —«gloria, veneno, sirena del mar»; «terronsito e asúcar, gitana salá»—. Entre la contenida gallega y el sensual gaditano, tan directo y desinhibido en su trato con las mujeres del pueblo —rasgo propio de su origen geográfico y de su clase— que despierta los celos de Asís, se establece una tensión cuyas etapas Pardo Bazán sabe graduar muy bien, así como mantener a su protagonista en continua alerta, consciente del peligro social y religioso que corre con su conducta. Y entre los dos personajes, además, un tercer elemento casi en discordia: el comandante Gabriel Pardo de la Lage, a quien el lector ya había conocido en *La madre Naturaleza*. Maduro, serio e ilustrado, dolido de una España que, según él, no parece querer salir de la barbarie, y pronto a inflamarse en denuncias de los errores patrios, Gabriel es devoto amigo de Asís, aunque, en secreto, quiere ser algo más que eso. El destino juguetón decretará que sea precisamente él, el intelectual, quien, con su razonar objetivo y desapasionado, con sus lógicas ideas avanzadas —sólo aparentemente— tranquilice los alborotados escrúpulos de Asís y facilite el desenlace del conflicto amoroso. Pardo y Pacheco representan dos extremos vitales en todos los aspectos, dos puntos de referencia para que la protagonista ponga a prueba sus sentimientos, porque toda la acción se centra en ella. Ellos, trazados de manera distinta —a Pacheco no se le conceden monólogos interiores y sólo lo conocemos por lo que ve Asís; de Pardo sabemos cómo habla, pero también sabemos lo que piensa—, la acompañan muy eficazmente en la trama. Pardo Bazán se encarga, simplemente, de sembrar dudas en el lector. ¿Acertará Asís decidiéndose por uno de los dos? ¿Es sincera consigo misma al decidirse? ¿Se ajustará por fin a lo que su entorno social y religioso pide de ella o descubrirá una vía de felicidad alternativa? ¿Será acaso esa vía personal una peligrosísima libertad *libertina*? El final abierto de la novela permite plantearse estas preguntas... y algunas más.

Como dijimos al principio, la crítica contemporánea fue muy sensible al tema de que trataba *Insolación*, y la mayoría de los críticos —hombres todos— no se recataron a la hora de expresar sus opiniones, desde los más conservadores (Fray Candil afirmó que Asís no era una señora, sino «una tía») hasta el propio Clarín, que definió a la protagonista como «una jamona atrasada de caricias». Bueno es señalar que algún otro, aun reconociendo lo espinoso del episodio narrado, supo ver algo más; por ejemplo, Mariano de Cavia afirmó que la autora «... con graciosa audacia afronta todos los peligros y con delicado arte llega a las más picantes conclusiones», y Rafael Altamira anotará que *Insolación* «respiraba realidad, frescura y observación delicada». Nadie sugirió en su día que la obra tuviera un fondo autobiográfico, como se rumoreó después, y lo cierto es que la cronología deja claro que tal rumor no tenía fundamento.

Sabedora de los mimbres con que contaba y lo que podía esperar de ellos, quizá la propia novelista quiso templar el voltaje de *Insolación* con *Morriña*, donde otra protagonista gallega —esta vez prendada de un gallego— vive, también en Madrid, un enamoramiento de sesgo muy distinto. Curiosamente, en sus páginas el lector se reencontraba con Gabriel Pardo y volvía a saber de Asís. En julio, pasados unos meses de lo narrado en *Insolación*, la marquesa viuda de Andrade, pese a sus proyectos de pronta ida a Vigo, seguía en la capital, y aparecía, «alegre y rozagante», en una tertulia burguesa donde enseñaba: «un brazalete nuevo, con zafiros y brillantes, dando a entender que había en él cierto misterio. "Ésta anda otra vez con intenciones de maridar —pensó doña Aurora—. ¿Quién será el galán? Dios se la depare buena"».

Eso sucedía en julio, pero antes el lector ha de descubrir qué había sucedido en mayo. De modo que volvamos a la semana del día 15, fiesta de San Isidro Labrador, patrono de Madrid, que la ciudad celebra tradicionalmente con una animada romería. Y entremos ya, sin más dilaciones, en *Insolación*.

Eva Acosta

INSOLACIÓN

A José Lázaro Galdiano
en prenda de amistad

LA AUTORA

I

La primera señal por donde Asís Taboada se hizo cargo de que había salido de los limbos del sueño fue un dolor como si le barrenasen las sienes de parte a parte con un barreno finísimo; luego le pareció que las raíces del pelo se le convertían en millares de puntas de aguja y se le clavaban en el cráneo. También notó que la boca estaba pegajosita, amarga y seca; la lengua, hecha un pedazo de esparto; las mejillas ardían; latían desaforadamente las arterias; y el cuerpo declaraba a gritos que, si era ya hora muy razonable de saltar de cama, no estaba él para valentías tales.

Suspiró la señora; dio una vuelta, convenciéndose de que tenía molidísimos los huesos; alcanzó el cordón de la campanilla, y tiró con garbo. Entró la doncella, pisando quedo, y entreabrió las maderas del cuarto-tocador. Una flecha de luz se coló en la alcoba, y Asís exclamó con voz ronca y debilitada:

—Menos abierto... Muy poco... Así.

—¿Cómo le va, señorita? —preguntó muy solícita la Ángela (por mal nombre Diabla)—. ¿Se encuentra algo más aliviada ahora?

—Sí, hija..., pero se me abre la cabeza en dos.

—¡Ay! ¿Tenemos la maldita de la jaquecona?

—Clavada... A ver si me traes una taza de tila...

—¿Muy cargada, señorita?

—Regular...

—Voy volando.

Un cuarto de hora duró el vuelo de la Diabla. Su ama, vuelta de cara a la pared, subía las sábanas hasta cubrirse la cara con ellas, sin más objeto que sentir el fresco de la batista en aquellas mejillas y frente que estaban echando lumbre.

De tiempo en tiempo, se percibía un gemido sordo.

En la mollera suya funcionaba, de seguro, toda la maquinaria de la Casa de la Moneda, pues no recordaba aturdimiento como el presente, sino el que había experimentado al visitar la fábrica de dinero y salir medio loca de las salas de acuñación.

Entonces, lo mismo que ahora, se le figuraba que una legión de enemigos se divertía en pegarle tenazazos en los sesos y devanarle con argadillos candentes la masa encefálica.

Además, notaba cierta trepidación allá dentro, igual que si la cama fuese una hamaca, y a cada balance se le amontonase el estómago y le metiesen en prensa el corazón.

La tila. Calentita, muy bien hecha. Asís se incorporó, sujetando la cabeza y apretándose las sienes con los dedos. Al acercar la cucharilla a los labios, náuseas reales y efectivas.

—Hija... está hirviendo... Abrasa. ¡Ay! Sostenme un poco, por los hombros. ¡Así!

Era la Diabla una chica despabilada, lista como una pimienta: una luguesa que no le cedía el paso a la andaluza más ladina. Miró a su ama guiñando un poco los ojos, y dijo compungidísima al parecer:

—Señorita... Vaya por Dios. ¿Se encuentra peor? Lo que tiene no es sino eso que le dicen allá en nuestra tierra un *solea-*

do... Ayer se caían los pájaros de calor, y usted fuera todo el santo día...

—Eso será... —afirmó la dama.

—¿Quiere que vaya enseguidita a avisar al señor de Sánchez del Abrojo?

—No seas tonta... No es cosa para andar fastidiando al médico. Un meneo a la taza. Múdala a ese vaso...

Con un par de trasegaduras de vaso a taza y viceversa, quedó potable la tila. Asís se la embocó, y al punto se volvió hacia la pared.

—Quiero dormir... No almuerzo... Almorzad vosotros... Si vienen visitas, que he salido... Atenderás por si llamo.

Hablaba la dama sorda y opacamente, de mal talante, como aquel que no está para bromas y tiene igualmente desazonados el cuerpo y el espíritu.

Se retiró por fin la doncella, y, al verse sola, Asís suspiró más profundo y alzó otra vez las sábanas, quedándose acurrucada en una concha de tela. Se arregló los pliegues del camisón, procurando que la cubriese hasta los pies; echó atrás la madeja de pelo revuelto, empapado en sudor y áspero de polvo, y luego permaneció quietecita, con síntomas de alivio y aun de bienestar físico producido por la infusión calmante.

La jaqueca, que ya se sabe cómo es de caprichosa y maniática, se había marchado por la posta desde que llegara al estómago la taza de tila; la calentura cedía, y las bascas iban aplacándose... Sí, lo que es el cuerpo se encontraba mejor, infinitamente mejor; pero ¿y el alma? ¿Qué procesión le andaba por dentro a la señora?

No cabe duda: si hay una hora del día en que la conciencia goza todos sus fueros, es la del despertar. Se distingue muy bien de colores después del descanso nocturno y el paréntesis del sueño. Ambiciones y deseos, afectos y rencores se han desvanecido entre una especie de niebla; faltan las excitaciones de la vida exterior; y así como después de un largo viaje parece que la ciudad de donde salimos hace tiempo no existe realmente, al despertar suele figurársenos que las fiebres y cuidados de la víspera se han ido en humo y ya no volverán a acosarnos nunca. Es la cama una especie de celda donde se medita y hace examen de conciencia, tanto mejor cuanto que se está muy a gusto, y ni la luz ni el ruido distraen. Grandes dolores de corazón y propósitos de la enmienda suelen quedarse entre las mantas.

Unas miajas de todo esto sentía la señora; sólo que a sus demás impresiones sobrepujaba la del asombro. «Pero ¿es de veras? Pero ¿me ha pasado *eso*? Señor Dios de los ejércitos, ¿lo he soñado o no? Sácame de esta duda.» Y aunque Dios no se tomaba el trabajo de responder negando o afirmando, *aquello* que reside en algún rincón de nuestro ser moral y nos habla tan categóricamente como pudiera hacerlo una voz divina, contestaba: «Grandísima hipócrita, bien sabes tú cómo fue: no me preguntes, que te diré algo que te escueza».

—Tiene razón la Diabla: ayer atrapé un *soleado*, y para mí, el sol... matarme. ¡Este chicharrero de Madrid! ¡El veranito y su alma! Bien empleado, por meterme en avisperos. A estas horas debía yo andar por mi tierra...

Doña Francisca Taboada se quedó un poquitín más tranquila desde que pudo echarle la culpa al sol. A buen seguro que el astro-rey dijese esta boca es mía protestando, pues, aunque está menos acostumbrado a las acusaciones de galeotismo que la luna, es de presumir que las acoja con igual impasibilidad e indiferencia.

—De todos modos —arguyó la voz inflexible—, confiesa, Asís, que si no hubieses tomado más que sol... Vamos, a mí no me vengas tú con historias, que ya sabes que nos conocemos... ¡como que andamos juntos hace la friolera de treinta y dos abriles! Nada, aquí no valen subterfugios... Y tampoco sirve alegar que si fue inesperado, que si parece mentira, que si patatín, que si patatán... Hija de mi corazón, lo que no sucede en un año sucede en un día. No hay que darle vueltas. Tú has sido hasta la presente una señora intachable; bien: una perfecta viuda; conformes: te has llevado en peso tus dos añitos de luto (cosa tanto más meritoria cuanto que, seamos francos, últimamente ya necesitabas alguna virtud para querer a tu tío, esposo y señor natural, el insigne marqués de Andrade, con sus bigotes pintados y sus alifafes, fístulas o lo que fuesen); a pesar de tu genio animado y tu afición a las diversiones, en veinticuatro meses no se te ha visto el pelo sino en la iglesia o en casa de tus amigas íntimas; convenido: has consagrado largas horas al cuidado de tu niña y eres madre cariñosa; nadie lo niega: te has propuesto siempre portarte como una señora, disfrutar de tu posición y tu independencia, no meterte en líos ni hacer contrabando; lo reconozco: pero... ¿qué quieres, mujer?, te descuidaste un minuto, incurriste en una chiquillada (porque fue una chiquillada, pero chiquillada del género atroz, convéncete de ello), y por cuanto viene el demonio y la enreda y te encuentras de patitas en la gran trapisonda... No andemos con sol por aquí y calor por allá. Disculpas de mal pagador. Te falta hasta la excusa vulgar, la del cariñito y la pasioncilla... Nada, chica, nada. Un pecado gordo en frío, sin circunstancias atenuantes y con ribetes de desliz chabacano. ¡Te luciste!

Ante estos argumentos irrefutables menguaba la acción

bienhechora de la tila y Asís iba experimentando otra vez terrible desasosiego y sofoco. El barreno que antes le taladraba la sien se había vuelto sacacorchos, y, haciendo hincapié en el occipucio, parecía que enganchaba los sesos a fin de arrancarlos igual que el tapón de una botella. Ardía la cama y también el cuerpo de la culpable, que, como un san Lorenzo en sus parrillas, daba vueltas y más vueltas en busca de rincones frescos, al borde del colchón. Convencida de que todo abrasaba igualmente, Asís brincó de la cama abajo, y blanca y silenciosa como un fantasma entre la penumbra de la alcoba, se dirigió al lavabo, torció el grifo del depósito, y con las yemas de los dedos empapadas en agua se humedeció frente, mejillas y nariz; luego se refrescó la boca, y por último se bañó los párpados largamente, con fruición; hecho lo cual, creyó sentir que se le despejaban las ideas y que la punta del barreno se retiraba poquito a poco de los sesos. ¡Ay, qué alivio tan rico! A la cama, a la cama otra vez, a cerrar los ojos, a estarse quietecita y callada y sin pensar en cosa ninguna...

Sí, a buena parte. ¿No pensar dijiste? Cuanto más se aquietaban los zumbidos y los latidos y la jaqueca y la calentura, más nítidos y agudos eran los recuerdos, más activas y endiabladas las cavilaciones.

—Si yo pudiese rezar —discurrió Asís—. No hay para esto de conciliar el sueño como repetir una misma oración de carretilla.

Intentolo en efecto; mas si por un lado era soporífera la operación, por otro agravaba las inquietudes y resquemazones morales de la señora. Bonito se pondría el padre Urdax cuando tocasen a confesarse de aquella cosa inaudita y estupenda. ¡Él, que tanto se atufaba por menudencias de escotes, infracciones de ayuno, asistencia a saraos en cuaresma, mermas de misa y otros pecadillos que trae consigo la vida mundana en la corte! ¿Qué circunloquios serían más adecuados para atenuar la primer impresión de espanto y la primer filípica? Sí, sí ¡circunloquios al padre Urdax! ¡Él, que lo preguntaba todo derecho y claro, sin pararse en vergüenzas ni en reticencias! ¡Con aquel geniazo de pólvora y aquella manga estrechita que gastaba! Si al menos permitiese explicar la cosa desde un principio, bien explicada, con todas las aclaraciones y notas precisas para que se viese la fatalidad, la serie de circunstancias que... Pero ¿quién se atreve a hacer mérito de ciertas disculpas ante un jesuita tan duro de pelar y tan largo de entendederas? Esos señores quieren que todo sea virtud a raja tabla y no entienden de componendas, ni de excusas. Antes parece que se les tachaba de tolerantísimos: no, pues lo que es ahora...

No obstante el triste convencimiento de que con el padre Urdax sería perder tiempo y derrochar saliva todo lo que no fuese decir *acúsome, acúsome,* Asís, en la penumbra del dormitorio, entre el silencio, componía mentalmente el relato que sigue, donde claro está que no había de colocarse en el peor lugar, sino paliar el caso: aunque, señores, ello admitía bien pocos paliativos.

II

Hay que tomarlo desde algo atrás y contar lo que pasó, o, por mejor decir, lo que se charló anteayer en la tertulia semanal de la duquesa de Sahagún, a la cual soy asidua concurrente. También la frecuenta mi paisano el comandante de artillería don Gabriel Pardo de la Lage, cumplido caballero, aunque un poquillo inocentón, y sobre todo muy estrafalario y bastante pernicioso en sus ideas, que a veces sostiene con gran calor y terquedad, si bien las más noches le da por acoquinarse y callar o jugar al tresillo, sin importársele de lo que pasa en nuestro corro. No obstante, desde que yo soy obligada todos los miércoles, notan que don Gabriel se acerca más al círculo de las señoras y gusta de armar pendencia conmigo y con la dueña de la casa; por lo cual hay quien asegura que no le parezco saco de paja a mi paisano, aun cuando otros afirman que está enamorado de una prima o sobrina suya, acerca de quien se refieren no sé qué historias raras. En fin, el caso es que disputando y peleándonos siempre, no hacemos malas migas el comandante y yo. ¡Qué malas migas! A cada polémica que armamos, parece aumentar nuestra simpatía, como si sus mismas genialidades morales (no sé darles otro nombre) me fuesen cayendo en gracia y pareciéndome indicio de cierta bondad interior... Ello va mal expresado..., pero yo me entiendo.

Pues anteayer (para venir al asunto), estuvo el comandante desde los primeros momentos muy decidor y muy alborotado, haciéndonos reír con sus manías. Le sopló la ventolera de sostener una vulgaridad: que España es un país tan salvaje como el África Central, que todos tenemos sangre africana, beduina, árabe o qué sé yo, y que todas esas músicas de ferrocarriles, telégrafos, fábricas, escuelas, ateneos, libertad política y periódicos son en nosotros postizas y como pegadas con goma, por lo cual están siempre despegándose, mientras lo verdaderamente nacional y genuino, la barbarie, subsiste, prometiendo durar por los siglos de los siglos. Sobre esto se levantó el caramillo que es de suponer. Lo primero que le repliqué fue compararlo a los franceses, que creen que sólo servimos para bailar el bolero y repicar las castañuelas; y añadí que la gente bien educada era igual, idéntica, en todos los países del mundo.

—Pues mire usted, eso empiezo por negarlo —saltó Pardo con grandísima fogosidad—. De los Pirineos acá, todos, sin excepción, somos salvajes, lo mismo las personas finas que los tíos; lo que pasa es que nosotros lo disimulamos un poquillo más, por vergüenza, por convención social, por conveniencia propia; pero que nos pongan el plano inclinado, y ya resbalaremos. El primer rayito de sol de España (este sol con que tanto nos muelen los extranjeros y que casi nunca está en casa, porque aquí llueve lo propio que en París, que ese es el chiste...).

Le interrumpí:

—Hombre, sólo falta que también niegue usted el sol.

—No lo niego, ¡qué he de negarlo! Por lo mismo que suele embozarse bien en invierno, de miedo a las pulmonías, en verano lo tienen ustedes convirtiendo a Madrid en sartén o caldera infernal, donde nos achicharramos todos... Y claro, no bien asoma, produce una fiebre y una excitación endiabladas... Se nos sube a la cabeza, y entonces es cuando se nivelan las clases ante la ordinariez y la ferocidad general...

—Vamos, ya pareció aquello. Usted lo dice por las corridas de toros.

En efecto, a Pardo le da muy fuerte eso de las corridas. Es uno de sus principales y frecuentes asuntos de sermón. En tomando la ampolleta sobre los toros, hay que oírle poner como digan dueñas a los partidarios de tal espectáculo, que él considera tan pecaminoso como el padre Urdax los bailes de Piñata y las representaciones del *Demimonde* y *Divorciémonos*. Sale a relucir aquello de las tres fieras, toro, torero y público; la primera, que se deja matar porque no tiene más remedio; la segunda, que cobra por matar; la tercera, que paga para que maten, de modo que viene a resultar la más feroz de las tres; y también aquello de la suerte de pica, y de las tripas colgando, y de las excomuniones del Papa contra los católicos que asisten a corridas, y de los perjuicios a la agricultura... Lo que es la cuenta de perjuicios la saca de un modo imponente. Hasta viene a resultar que por culpa de los toros hay déficit en la Hacienda y hemos tenido las dos guerras civiles... (Verdad que esto lo soltó en un instante de acaloramiento y, como vio la greguería y la chacota que armamos, medio se desdijo.) Por todo lo cual, yo pensé que, al nombrar ferocidad y barbarie, vendrían los toros detrás. No era eso. Pardo contestó:

—Dejemos a un lado los toros, aunque bien revelan el influjo barbarizante o barbarizador (como ustedes gusten) del sol, ya que es axiomático que sin sol no hay corrida *buena*. Pero prescindamos de ellos; no quiero que digan ustedes que ya es manía en mí la de sacar a relucir la gente cornúpeta. Tomemos cualquiera otra manifestación bien genuina de la vida nacional..., algo muy español y muy característico... ¿No estamos en tiempo de ferias? ¿No es mañana San Isidro Labrador? ¿No va la gente estos días a solazarse por la pradera y el cerro?

—Bueno: ¿y qué? ¿También criticará usted las ferias y el Santo? Este señor no perdona ni a la corte celestial.

—Bueno está el Santo, y valiente saturnal asquerosa la que sus devotos le ofrecen. Si san Isidro la ve, él que era un honrado y pacífico agricultor, convierte en piedras los garbanzos tostados, y desde el cielo descalabra a sus admiradores. Aquello es un aquelarre, una zahúrda de Plutón. Los instintos españoles más típicos corren allí desbocados, luciendo su belleza. Borracheras, pendencias, navajazos, gula, libertinaje grosero, blasfemias, robos, desacatos y bestialidades de toda calaña... Bonito *tableau*, señoras mías... Eso es el pueblo español cuando le dan suelta. Lo mismito que los potros al salir a la dehesa, que su felicidad consiste en hartarse de relinchos y coces.

—Si me habla usted de la gente ordinaria...

—No, es que insisto: todos iguales en siendo españoles; el instinto vive allá en el fondo del alma; el problema es de ocasión y lugar, de poder o no sacudir ciertos miramientos que la educación impone: cosa externa, cáscara y nada más.

—¡Qué teorías, Dios misericordioso! ¿Ni siquiera admite usted excepciones a favor de las señoras? ¿Somos salvajes también?

—También, y acaso más que los hombres, que al fin ustedes se educan menos y peor... No se dé usted por resentida, amiga Asís. Concederé que usted sea la menor cantidad de salvaje posible, porque al fin nuestra tierra es la porción más apacible y sensata de España.

Aquí la duquesa volvió la cabeza con sobresalto. Desde el principio de la disputa estaba entretenida dando conversación a un tertuliano nuevo, muchacho andaluz, de buena presencia, hijo de un antiguo amigo del duque, el cual, según me dijeron, era un rico hacendado residente en Cádiz. La duquesa no admite presentados, y sólo por circunstancias así pueden encontrarse caras desconocidas en su tertulia. En cambio, a las relaciones ya antiguas las agasaja muchísimo, y es tan consecuente y cariñosa en el trato que todos se hacen lenguas alabando su perseverancia, virtud que, según he notado, abunda en la corte más de lo que se cree. Advertía yo que, sin dejar de atender al forastero, la duquesa aplicaba el oído a nuestra disputa y rabiaba por mezclarse en ella: la proporción le vino rodada para hacerlo, metiendo en danza al gaditano.

—Muchas gracias, señor de Pardo, por la parte que nos toca a los andaluces. Estos galleguitos siempre arriman el ascua a su sardina. ¡Más aprovechados son! De salvajes nos ha puesto, así como quien no quiere la cosa.

—¡Oh duquesa, duquesa, duquesa! —respondió Pardo con mucha guasa—. ¡Darse por aludida usted, usted que es una señora tan inteligente, protectora de las bellas artes! ¡Usted que entiende de pucheros mudéjares y barreñones asirios! ¡Usted que posee colecciones mineralógicas que dejan con la boca abierta al embajador de Alemania! ¡Usted, señora, que sabe lo que significa *fósil*! ¡Pues si hasta miedo le han cobrado a usted ciertos pedantes que yo conozco!

—Haga usted el favor de no quedarse conmigo suavemente. No parece sino que soy alguna literata o alguna marisabidilla... Porque le guste a uno un cuadro o una porcelana... Si cree usted que así vamos a correr un velo sobre aquello del salvajismo... ¿Qué opina usted de eso, Pacheco? Según este caballero, que ha nacido en Galicia, es salvaje toda España y más los andaluces. Asís, el señor don Diego Pacheco... Pacheco, la señora marquesa viuda de Andrade... el señor don Gabriel Pardo...

El gaditano, sin pronunciar palabra, se levantó y vino a apretarme la mano haciendo una cortesía; yo murmuré entre dientes eso que se murmura en casos análogos. Llena la fórmula, nos miramos con la curiosidad fría del primer momento, sin fijarnos en detalles. Pacheco, que llevaba con soltura el frac, me pareció distinguido, y, aunque andaluz, le encontré más bien trazas inglesas: se me figuró serio y no muy locuaz ni disputador. Haciéndose cargo de la indicación de la duquesa, dijo con acento cerrado y frase perezosa:

—A cada país le cae bien lo suyo... Nuestra tierra no ha dado pruebas de ser nada ruda: tenemos allá de too: poetas, pintores, escritores... Cabalmente en Andalucía la gente pobre es mu fina y mu despabilaa. Protesto contra lo que se refiere a las señoras. Este cabayero convendrá en que toítas son unos ángeles del cielo.

—Si me llama usted al terreno de la galantería —respondió Pardo—, convendré en lo que usted guste... Sólo que esas generalidades no prueban nada. En las unidades nacionales no veo hombres ni mujeres: veo una raza, que se determina históricamente en esta o en aquella dirección...

—¡Ay, Pardo! —suplicó la duquesa con mucha gracia—. Nada de palabras retorcidas, ni de filosofías intrincadas. Hable usted clarito y en cristiano. Mire usted que no hemos llegado a sabios, y que nos vamos a quedar en ayunas.

—Bueno: pues hablando en cristiano, digo que ellos y ellas son de la misma pasta, porque no hay más remedio, y que en España (allá va, ustedes se empeñan en que ponga los puntos sobre las íes) también las señoras pagan tributo a la barbarie —lo cual puede no advertirse a primera vista porque su sexo las obliga a adoptar formas menos toscas, y las condena al papel de ángeles, como les ha llamado este caballero—. Aquí está nuestra amiga Asís, que a pesar de haber nacido en el Noroeste, donde las mujeres son reposadas, dulces y cariñosas, sería capaz, al darle un rayo de sol en la mollera, de las mismas atrocidades que cualquier hija del barrio de Triana o del Avapiés...

—¡Ay, paisano!, ya digo que está usted tocado, incurable. Con el sol tiene la tema. ¿Qué le hizo a usted el sol, para que así lo traiga al retortero?

—Serán aprensiones, pero yo creo que lo llevamos disuelto en la sangre y que a lo mejor nos trastorna.

—No lo dirá usted por nuestra tierra. Allá no le vemos la cara sino unos cuantos días del año.

—Pues no lo achaquemos al sol; será el aire ibérico; el caso es que los gallegos, en ese punto, sólo aparentemente nos distinguimos del resto de la Península. ¿Ha visto usted qué bien nos acostumbramos a las corridas de toros? En Marineda ya se llena la plaza y se calientan los cascos igual que en Sevilla o Córdoba. Los cafés flamencos hacen furor; las cantaoras traen revuelto al sexo masculino; se han comprado cientos de navajas, y lo peor es que se hace uso de ellas; hasta los chicos de la calle se han aprendido de memoria el tecnicismo taurómaco; la manzanilla corre a mares en los tabernáculos marinedinos; hay sus cañitas y todo; una parodia ridícula; corriente; pero parodia que sería imposible donde no hubiese materia dispuesta para semejantes aficiones. Convénzanse ustedes: aquí en España, desde la Restauración, maldito si hacemos otra cosa más que jalearnos a nosotros mismos. Empezó la broma por todas aquellas demostraciones contra don Amadeo: lo de las peinetas y mantillas, los trajecitos a medio paso y los caireles; siguió con las barbianerías del difunto rey, que le había dado por lo chulo, y, claro, la gente elegante le imitó; y ahora es ya una epidemia, y entre patriotismo y flamenquería, guitarreo y cante jondo, panderetas con madroños colorados y amarillos, y abanicos con las hazañas y los retratos de Frascuelo y Mazzantini, hemos hecho una Españita bufa, de tapiz de Goya o sainete de don Ramón de la Cruz. Nada, es moda y a seguirla. Aquí tiene usted a nuestra amiga la duquesa, con su cultura, y su finura, y sus mil dotes de dama: ¿pues no se pone tan contenta cuando le dicen que es la chula más salada de Madrid?

—Hombre, si fuese verdad, ¡ya se ve que me pondría! —exclamó la duquesa con la viveza donosa que la distingue—. ¡A mucha honra!, más vale una chula que treinta gringas. Lo gringo me apesta. Soy yo muy españolaza: ¿se entera usted? Se me figura que más vale ser como Dios nos hizo, que no que andemos imitando todo lo de extranjis... Estas manías de vivir a la inglesa, a la francesa... ¿Habrá ridiculez mayor? De Francia los perifollos; bueno; no ha de salir uno por ahí espantando a la gente, vestido como en el año de la nanita... De Inglaterra los asados... y se acabó. Y diga usted, muy señor mío de mi mayor aprecio: ¿cómo es eso de que somos salvajes los españoles y no lo es el resto del género humano? En primer lugar: ¿se puede saber a qué llama usted salvajadas? En segundo: ¿qué hace nuestro pueblo, pobre infeliz, que no hagan también los demás de Europa? Conteste.

—¡Ay...!, ¡si me aplasta usted...!, ¡si ya no sé por dónde ando! *Pietà, Signor*. Vamos, duquesa, insisto en el ejemplo de antes: ¿ha visto usted la romería de San Isidro?

—Vaya si la he visto. Por cierto que es de lo más entretenido y pintoresco. Tipos se encuentran allí, que... Tipos de oro. ¿Y los columpios? ¿Y los tiovivos? ¿Y aquella animación, aquel hormigueo de la gente? Le digo a usted que, para mí, hay poco tan salado como esas fiestas populares. ¿Que abundan borracheras y broncas? Pues eso pasa aquí y en Flandes: ¿o se ha creído usted que allá, por la *Inglaterra*, la gente no se pone nunca a medios pelos, ni se arma quimera, ni hace barbaridad ninguna?

—Señora... —exclamó Pardo, desalentado—, usted es para mí un enigma. Gustos tan refinados en ciertas cosas, y tal indulgencia para lo brutal y lo feroz en otras, no me lo explico sino considerando que, con un corazón y un ingenio de primera, pertenece usted a una generación bizantina y decadente, que ha perdido los ideales... Y no digo más, porque se reirá usted de mí.

—Es muy saludable ese temor; así no me hablará usted de cosazas filosóficas que yo no entiendo —respondió la duquesa soltando una de sus carcajadas argentinas, aunque reprimidas siempre—. No haga usted caso de este hombre, marquesa —murmuró volviéndose a mí—. Si se guía usted por él la convertirá en una cuákera. Vaya usted al Santo, y verá cómo tengo razón y aquello es muy original y muy famoso. Este señor ha descubierto que sólo se achispan los españoles: lo que es los ingleses, ¡angelitos de mi vida!, ¡qué habían de ajumarse nunca!

—Señora —replicó el comandante riendo, pero sofocado

ya—: los ingleses se achispan; conformes: pero se achispan con *sherry*, con cerveza o con esos alcoholes endiablados que ellos usan; no como nosotros, con el aire, el agua, el ruido, la música y la luz del cielo; ellos se volverán unos cepos así que trincan, pero nosotros nos volvemos fieras; nos entra en el cuerpo un espíritu maligno de bravata y fanfarronería, y por gusto nos ponemos a cometer las mayores ordinarieces, empeñándonos en imitar al populacho. Y esto lo mismo las damas que los caballeros, si a mano viene, como dicen en mi país. Transijamos con todo, excepto con la ordinariez, duquesa.

—Hasta la presente —declaró con gentil confusión la dama—, no hemos salido ni la marquesa de Andrade ni yo a trastear ningún novillo.

—Pues todo se andará, señoras mías, si les dan paño —respondió el comandante.

—A este señor le arañamos nosotras —afirmó la duquesa fingiendo con chiste un enfado descomunal.

—¿Y el señor Pacheco, que no nos ayuda? —murmuré volviéndome hacia el silencioso gaditano.

Este tenía los ojos fijos en mí, y, sin apartarlos, disculpó su neutralidad declarando que ya nos defendíamos muy bien y maldita la falta que nos hacían auxilios ajenos: al poco rato miró el reloj, se levantó, despidiose con igual laconismo, y fuese. Su marcha varió por completo el giro de la conversación. Se habló de él, claro está: la Sahagún refirió que lo había tenido a su mesa, por ser hijo de persona a quien estimaba mucho, y añadió que ahí donde lo veíamos, hecho un moro por la indolencia y un inglés por la sosería, no era sino un calaverón de tomo y lomo, decente y caballero sí, pero aventurero y gracioso como nadie, muy gastador y muy tronera, de quien su padre no podía hacer bueno, ni traerle al camino de la formalidad y del sentido práctico, pues lo único para que hasta la fecha servía era para trastornar la cabeza a las mujeres. Y entonces el comandante (he notado que a todos los hombres les molesta un poquillo que delante de ellos se diga de otros que nos trastornan la cabeza) murmuró como hablando consigo mismo:

—Buen ejemplar de raza española.

III

Bien sabe Dios que cuando al siguiente día, de mañana, salí a oír misa a San Pascual, por ser la festividad del patrón de Madrid, iba yo con mi eucologio y mi mantillita hecha una santa, sin pensar en nada inesperado y novelesco, y a quien me profetizase lo que sucedió después creo que le llevo a los tribunales por embustero e insolente. Antes de entrar en la iglesia, como era temprano, me estiré a dar un borde por la calle de Alcalá, y recuerdo que, pasando frente al Suizo, dos o tres de esos chulos de pantalón estrecho y chaquetilla corta que se están siempre plantados allí en la acera, me echaron una sarta de requiebros de lo más desatinado; verbigracia: «Ole, ¡viva la purificación de la canela! Uyuyuy, ¡vaya unos ojos que se trae usted, hermosa! Soniche, ¡viva hasta el cura que bautiza a estas hembras con mansanilla e lo fino!». Trabajo me costó contener la risa al entreoír estos disparates; pero logré mantenerme seria y apreté el paso a fin de perder de vista a los ociosos.

Cerca de la Cibeles me fijé en la hermosura del día. Nunca he visto aire más ligero, ni cielo más claro; la flor de las acacias del paseo de Recoletos olía a gloria, y los árboles parecía que estrenaban vestido nuevo de tafetán verde. Ganas me entraron de correr y brincar como a los quince, y hasta se me figuraba que en mis tiempos de chiquilla no había sentido nunca tal exceso de vitalidad, tales impulsos de hacer extravagancias, de arrancar ramas de árbol y de chapuzarme en el pilón presidido por aquella buena señora de los leones... Nada menos que estas tonterías me estaba pidiendo el cuerpo a mí.

Seguí bajando hacia las Pascualas, con la devoción de la misa medio evaporada y distraído el espíritu. Poco distaba ya de la iglesia, cuando distinguí a un caballero, que, parado al pie de corpulento plátano, arrojaba a los jardines un puro enterito y se dirigía luego a saludarme. Y oí una voz simpática y ceceosa, que me decía:

—A los pies... ¿Adónde bueno tan de mañana y tan sola?

—Calle... Pacheco... ¿Y usted? Usted sí que de fijo no viene a misa.

—¿Y usted qué sabe? ¿Por qué no he de venir a misa yo?

Trocamos estas palabras con las manos cogidas y una familiaridad muy extraña, dado lo ceremonioso y somero de nuestro conocimiento la víspera. Era sin duda que influía en ambos la transparencia y alegría de la atmósfera, haciendo comunicativa nuestra satisfacción y dando carácter expansivo a nuestra voz y actitudes. Ya que estoy dialogando con mi alma y nada ha de ocultarse, la verdad es que en lo cordial de mi saludo entró por mucho la favorable impresión que me causaron las prendas personales del andaluz. Señor, ¿por qué no han de tener las mujeres derecho para encontrar guapos a los hombres que lo sean, y por qué ha de mirarse mal que lo manifiesten (aunque para manifestarlo dijesen tantas majaderías como los chulos del café Suizo)? Si no lo decimos, lo pensamos, y no hay nada más peligroso que lo reprimido y oculto, lo que se queda dentro. En suma, Pacheco, que vestía un elegante terno gris claro, me pareció galán de veras; pero con igual sinceridad añadiré que esta idea no me preocupó arriba de dos segundos, pues yo no me pago solamente del exterior. Buena prueba di de ello casándome a los veinte con mi tío, que tenía lo menos cincuenta, y lo que es de gallardo...

Adelante. El señor de Pacheco, sin reparar que ya tocaban a misa, pegó la hebra, y seguimos de palique, guareciéndonos a la sombra del plátano, porque el sol nos hacía guiñar los ojos más de lo justo.

—¡Pero qué madrugadora!

—¿Madrugadora porque oigo misa a las diez?

—Sí señó: todo lo que no sea levantarse para almorsá...

—Pues usted hoy madrugó otro tanto.

—Tuve corasonada. Esta tarde estarán buenos los toros: ¿no va usted?

—No: hoy no irá la Sahagún, y yo generalmente voy con ella.

—¿Y a las carreras de caballos?

—Menos; me cansan mucho: una revista de trapos y moños: una insulsez. Ni entiendo aquel tejemaneje de apuestas. Lo único divertido es el desfile.

—Y entonces ¿por qué no va a San Isidro?

—¡A San Isidro! ¿Despúes de lo que nos predicó ayer mi paisano?

—Buen caso hase usted de su paisano.

—Y ¿creerá usted que con tantos años como llevo de vivir en Madrid ni siquiera he visto la ermita?

—¿Que no? Pues hay que verla; se distraerá usted muchísimo; ya sabe lo que opina la duquesa, que esa fiesta merece el viaje. Yo no la conozco tampoco; verdá que soy forastero.

—Y... ¿y los borrachos, y los navajazos, y todo aquello de que habló don Gabriel? ¿Será exageración suya?

—¡Yo qué sé! ¡Qué más da!

—Me hace gracia... ¿Dice usted que no importa? ¿Y si luego paso un susto?

—¡Un susto yendo conmigo!

—¿Con usted? —Y solté la risa.

—¡Conmigo, ya se sabe! No tiene usted por qué reírse, que soy mu buen compañero.

Me reí con más ganas, no sólo de la suposición de que Pacheco me acompañase, sino de su acento andaluz, que era cerrado y sandunguero sin tocar en ordinario, como el de ciertos señoritos que parecen asistentes.

Pacheco me dejó acabar de reír, y sin perder su seriedad, con mucha calma, me explicó lo fácil y divertido que sería darse una vueltecita por la feria, a primera hora, regresando a Madrid sobre las doce o la una. ¡Si me hubiese tapado con cera los oídos entonces, cuántos males me evitaría! La proposición, de repente, empezó a tentarme, recordando el dicho de la Sahagún: «Vaya usted al Santo, que aquello es muy original y muy famoso». Y realmente, ¿qué mal había en satisfacer mi curiosidad?, pensaba yo. Lo mismo se oía misa en la ermita del Santo que en las Pascualas; nada desagradable podía ocurrirme llevando conmigo a Pacheco, y, si alguien me veía con él, tampoco sospecharía cosa mala de mí a tales horas y en sitio tan público. Ni era probable que anduviese por allí la sombra de una persona decente, ¡en día de carreras y toros!, ¡a las diez de la mañana! La escapatoria no ofrecía riesgo... ¡y el tiempo convidaba tanto! En fin, que si Pacheco porfiaba algo más, lo que es yo...

Porfió sin impertinencia, y tácitamente, sonriendo, me declaré vencida. ¡Solemne ligereza! Aún no había articulado el sí y ya discutíamos los medios de locomoción. Pacheco propuso, como más popular y típico, el tranvía; pero yo, a fin de que la cosa no tuviese el menor aspecto de informalidad, preferí mi coche. La cochera no estaba lejos: calle del Caballero de Gracia: Pacheco avisaría, mandaría que enganchasen e iría a recogerme a mi casa, por donde yo necesitaba pasar antes de la excursión. Tenía que tomar el abanico, dejar el devocionario, cambiar mantilla por sombrero... En casa le esperaría. Al punto que concertamos estos detalles, Pacheco me apretó la mano y se apartó corriendo de mí. A la distancia de diez pasos se paró y preguntó otra vez:

—¿Dice usted que el coche cierra en el Caballero de Gracia?

—Sí, a la izquierda... un gran portalón...

Y tomé aprisita el camino de mi vivienda, porque la verdad es que necesitaba hacer muchas más cosas de las que le había confesado a Pacheco; ¡pero vaya usted a enterar a un hombre...! Arreglarme el pelo, darme velutina, buscar un pañolito fino, escoger unas botas nuevas que me calzan muy bien, ponerme guantes frescos y echarme en el bolsillo un *sachet* de raso que huele a *iris* (el único perfume que no me levanta dolor de cabeza). Porque al fin, aparte de todo, Pacheco era para mí persona de cumplido; íbamos a pasar algunas horas juntos y observándonos muy de cerca, y no me gustaría que algún rasgo de mi ropa o mi persona le produjese efecto desagradable. A cualquier señora, en mi caso, le sucedería lo propio.

Llegué al portal sofocada y anhelosa, subí a escape, llamé con furia y me arrojé en el tocador, desprendiéndome la mantilla antes de situarme frente al espejo. «Ángela, el sombrero negro de paja con cinta escocesa... Ángela, el antucá a cuadritos..., las botas bronceadas...»

Vi que la Diabla se moría de curiosidad... «¿Sí?, pues con las ganas de saber te quedas, hija... La curiosidad es muy buena para la ropa blanca.» Pero no se le coció a la chica el pan en el cuerpo y me soltó la píldora.

—¿La señorita almuerza en casa?

Para desorientarla respondí:

—Hija, no sé... Por si acaso, tenerme el almuerzo listo, de doce y media a una... Si a la una no vengo, almorzad vosotros...; pero reservándome siempre una chuleta y una taza de caldo..., y mi té con leche, y mis tostadas.

Cuando estaba arreglando los rizos de la frente bajo el ala del sombrero, reparé en un precioso cacharro azul, lleno de heliotropos, gardenias y claveles, que estaba sobre la chimenea.

—¿Quién ha mandado eso?

—El señor comandante Pardo..., el señorito Gabriel.

—¿Por qué no me lo enseñabas?

—Vino la señorita tan aprisa... Ni me dio tiempo.

No era la primera vez que mi paisano me obsequiaba con flores. Escogí una gardenia y un clavel rojo, y prendí el grupo en el pecho. Sujeté el velo con un alfiler; tomé un casaquín ligero de paño; mandé a Ángela que me estirase la enagua y volante, y me asomé, a ver si por milagro había llegado el coche. Aún no, porque era imposible; pero a los diez minutos desembocaba a la entrada de la calle. Entonces salí a la antesala andando despacio, para que la Diabla no acabase de escamarse; me contuve hasta cruzar la puerta; y, ya en la escalera, me precipité, llegando al portal cuando se paraba la berlina y saltaba en la acera Pacheco.

—¡Qué listo anduvo el cochero! —le dije.

—El cochero y un servidor de usted, señora —contestó el gaditano teniendo la portezuela para que yo subiese—. Con estas manos he ayudao a echar las guarniciones y hasta se me figura que a lavar las ruedas.

Salté en la berlina, quedándome a la derecha, y Pacheco entró por la portezuela contraria, a fin de no molestarme y con ademán de profundo respeto...: ¡valiente hipócrita está él! Nos miramos indecisos por espacio de una fracción de segundo, y mi acompañante me preguntó en voz sumisa:

—¿Doy orden de ir camino de la pradera?

—Sí, sí... Dígaselo usted por el vidrio.

Sacó fuera la cabeza y gritó: «¡Al Santo!». La berlina arrancó inmediatamente, y entre el primer retemblido de los cristales exclamó Pacheco:

—Veo que se ha prevenío usted contra el calor y el sol... Todo hace falta.

Sonreí sin responder, porque me encontraba (y no tiene nada de sorprendente) algo cohibida por la novedad de la situación. No se desalentó el gaditano.

—Lleva usted ahí unas flores presiosas... ¿No sobraba para mí ninguna? ¿Ni siquiera una rosita de a ochavo? ¿Ni un palito de albahaca?

—Vamos —murmuré—, que no es usted poco pedigüeño... Tome usted para que se calle.

Desprendí la gardenia y se la ofrecí. Entonces hizo mil remilgos y zalemas.

—Si yo no pretendía tanto... Con el rabillo me contentaba, o con media hoja que usted le arrancase... ¡Una gardenia para mí solo! No sé cómo lucirla... No se me va a sujetar en el ojal... A ver si usted consigue, con esos deditos...

—Vamos, que usted no pedía tanto, pero quiere que se la prendan, ¿eh? Vuélvase usted un poco, voy a afianzársela.

Introduje el rabo postizo de la flor en el ojal de Pacheco, y tomando de mi corpiño un alfiler sujeté la gardenia, cuyo olor a pomada me subía al cerebro, mezclado con otro perfume fino, procedente, sin duda, del pelo de mi acompañante. Sentí un calor extraordinario en el rostro y, al levantarlo, mis ojos se tropezaron con los del meridional, que, en vez de darme las gracias, me contempló de un modo expresivo e interrogador. En aquel momento casi me arrepentí de la humorada de ir a la feria; pero ya...

Torcí el cuello y miré por la ventanilla. Bajábamos de la plazuela de la Cebada a la calle de Toledo. Una marea de gente, que también descendía hacia la pradera, rodeaba el coche y le impedía a veces rodar. Entre la multitud dominguera se destacaban los vistosos colorines de algún bordado pañolón de Manila, con su fleco de una tercia de ancho. Las chulas se volvían y registraban con franca curiosidad el interior de la berlina. Pacheco sacó la cabeza y le dijo a una no sé qué.

—Nos toman por novios —advirtió dirigiéndose a mí—. No se ponga usted más colorada: es lo que le faltaba para acabar de estar linda —añadió medio entre dientes.

Hice como si no oyese el piropo y desvié la conversación, hablando del pintoresco aspecto de la calle de Toledo, con sus mil tabernillas, sus puestos ambulantes de quincalla, sus anticuadas tiendas y sus paradores que se conservan lo mismito que en tiempo de Carlos cuarto. Noté que Pacheco se fijaba poco en tales menudencias, y, en vez de observar las curiosidades de la calle más típica que tiene Madrid, llevaba los ojos puestos en mí con disimulo, pero con pertinacia, como el que estudia una fisonomía desconocida para leer en ella los pensamientos de la dueña. Yo también, a hurtadillas, procuraba enterarme de los más mínimos ápices de la cara de Pacheco. No dejaba de llamarme la atención la mezcla de razas que creía ver en ella. Con un pelo negrísimo y una tez quemada del sol, casaban mal aquel bigote dorado y aquellos ojos azules.

—¿Es usted hijo de inglesa? —le pregunté al fin—. Me han contado que en la costa del Mediterráneo hay muchas bodas entre ingleses y españolas, y al revés.

—Es cierto que hay muchísimas, en Málaga sobre todo; pero yo soy español de pura sangre.

Le volví a mirar y comprendí lo tonto de mi pregunta. Ya recordaba haber oído a algún sabio, de los que suele convidar a comer la Sahagún cuando no tiene otra cosa en que entretenerse, que es una vulgaridad figurarse que los españoles no pueden ser rubios, y que al contrario el tipo rubio abunda en España, sólo que no se confunde con el rubio sajón, porque es mucho más fino, más enjuto, así al modo de los caballos árabes. En efecto, los ingleses que yo conozco son por lo regular unos montones de carne sanguínea, que al parecer se escapa sola a la parrilla del rosbif; tienen cada cogote y cada pescuezo como ruedas de remolacha; las bocas de ellos dan asco de puro coloradotas, y las frentes, de tan blancas, fastidian ya, porque eso de la *frente pura* está bueno para las señoritas, no para los hombres. ¿Cuándo se verá en ningún inglés un corte de labios sutil, y una sien hundida, y un cuello delgado y airoso como el de Pacheco? Pero al grano: ¿pues no me entretengo recreándome en las perfecciones de ese pillo?

¡Qué hermoso y alegre estaba el puente de Toledo! Lo recuerdo como se recuerda una decoración del Teatro Real. Hervía la gente, y mirando hacia abajo, por la pradera y por todas las orillas del Manzanares, no se veían más que grupos, procesiones, corrillos, escenas animadísimas de esas que se pintan en las panderetas. A mí ciertos monumentos, por ejemplo las catedrales, casi me parecen más bonitas solitarias; pero el puente de Toledo, con sus retablazos, o nichos, o lo que sean aquellos fantasmones barrocos que le guarnecen a ambos lados, no está bien sin el rebullicio y la algazara de la gentuza, los chulapos y los tíos, los carniceros y los carreteros, que parece que acaban de bajarse de un lienzo de Goya. Ahora que se han puesto tan de moda los casacones, el puente tiene un encanto especial. Nuestro coche dio vuelta para tomar el camino de la pradera, y allí, en el mismo recodo, vi una tienda rara, una botería, en cuya fachada se ostentaban botas de todos los tamaños, desde la que mide treinta azumbres de vino, hasta la que cabe en el bolsillo del pantalón. Pacheco me propuso que, para adoptar el tono de la fiesta, comprásemos una botita muy cuca que colgaba sobre el escaparate y la llenásemos de Valdepeñas: proposición que rechacé horrorizada.

No sé quién fue el primero que llamó feas y áridas a las orillas del Manzanares, ni por qué los periódicos han de estar siempre soltándole pullitas al pobre río, ni cómo no prendieron a aquel farsante de escritor francés (Alejandro Dumas, si no me engaño) que le ofreció de limosna un vaso de agua. Convengo en que no es muy caudaloso, ni tan frescachón como nuestro Miño o nuestro Sil; pero, vamos, que no falta en sus orillas algún rinconcito ameno, verde y simpático. Hay árboles que convidan a descansar a la sombra, y unos puentes rústicos por entre los lavaderos, que son bonitos en cualquier parte. La verdad es que acaso influía en esta opinión que formé entonces el que se me iba quitando el susto y me rebosaba el contento por haber realizado la escapatoria. Varios motivos se reunían para completar mi satisfacción. Mi traje de *céfiro* gris sembrado de anclitas rojas era de buen gusto en una excursión matinal como aquella; mi sombrero negro de paja me sentaba bien, según comprobé en el vidrio delantero de la berlina; el calor aún no molestaba mucho; mi acompañante me agradaba, y la calaverada, que antes me ponía miedo, iba pareciéndome lo más inofensivo del mundo, pues no se veía por allí ni rastro de persona regular que pudiese conocerme. Nada me aguaría tanto la fiesta como tropezarme con algún tertuliano de la Sahagún, o vecina de butacas en el Real, que fuese luego a permitirse comentarios absurdos. Sobran personas maldicientes y deslenguadas que interpretan y traducen siniestramente las cosas más sencillas, y de poco le sirve a una mujer pasarse la vida muy sobre aviso, si se descuida una hora... (Sí, y lo que es a mí, en la actualidad, me caen muy bien estas reflexiones. En fin, prosigamos.) El caso es que la pradera ofrecía aspecto tranquilizador. Pueblo aquí, pueblo allí, pueblo en todas direcciones; y si algún hombre vestía americana, en vez de chaquetón o chaquetilla, debía de ser criado de servicio, escribiente temporero, hortera, estudiante pobre, lacayo sin colocación, que se tomaba un día de asueto y holgorio. Por eso cuando a la subida del cerro, donde ya no pueden pasar los carruajes, Pacheco y yo nos bajamos de la berlina, parecíamos, por el contraste, pareja de archiduques que tentados de la curiosidad se van a recorrer una fiesta populachera, deseosos de guardar el incógnito, y delatados por sus elegantes trazas.

En fuerza de su novedad me hacía gracia el espectáculo. Aquella romería no tiene nada que ver con las de mi país, que suelen celebrarse en sitios frescos, sombreados por castaños o nogales, con una fuente o riachuelo cerquita y el santuario en el monte próximo... El campo de San Isidro es una serie de cerros pelados, un desierto de polvo, invadido por un tropel de gente entre la cual no se ve un solo campesino, sino soldados, mujerzuelas, chisperos, ralea apicarada y soez; y, en lugar de vegetación, miles de tinglados y puestos donde se venden cachivaches que, pasado el día del Santo, no vuelven a verse en parte alguna: pitos adornados con hojas de papel de plata y rosas estupendas; vírgenes pintorreadas de esmeralda, cobalto y bermellón; medallas y escapularios igualmente rabiosos; loza y cacharros; figuritas groseras de toreros y picadores; botijos de hechuras raras; monigotes y fantoches con la cabeza de Martos, Sagasta o Castelar: ministros a *dos reales*; esculturas de los *ratas* de *la Gran Vía*, y, al lado de la efigie del bienaventurado San Isidro, unas figuras que... ¡Válgame Dios! Hagamos como si no las viésemos.

Aparte del sol que le derrite a uno la sesera y del polvo que se masca, bastan para marear tantos colorines vivos y metálicos. Si sigo mirando van a dolerme los ojos. Las naranjas apiñadas parecen de fuego; los dátiles relucen como granates obscuros; como pepitas de oro los garbanzos tostados y los cacahuetes: en los puestos de flores no se ven sino claveles amarillos, sangre de toro, o de un rosa tan encendido como las nubes a la puesta del sol: las emanaciones de toda esta clavelería no consiguen vencer el olor a aceite frito de los buñuelos, que se pega a la garganta y produce un cosquilleo inaguantable. Lo dicho, aquí no hay color que no sea desesperado: el uniforme de los militares, los mantones de las chulas, el azul del cielo, el amarillento de la tierra, los tiovivos con listas coloradas y los columpios dados de almagre con rayas de añil... Y luego la música, el rasgueo de las guitarras, el tecleo insufrible de los pianos mecánicos que nos aporrean los oídos con el paso doble de *Cádiz*, repitiendo desde treinta sitios de la romería: —*¡Viva España!*

Nadie imagine maliciosamente que se me había pasado lo de oír misa. Tratamos de romper por entre el gentío y de deslizarnos en la ermita, abierta de par en par a los devotos; pero estos eran tantos, y tan apiñados, y tan groseros, y tan mal olientes, que si porfío en llegar a la nave me sacan de allí desmayada o difunta. Pacheco jugaba los brazos y los puños, según podía, para defenderme; sólo lograba que nos apretasen más y que oyésemos juramentos y blasfemias atroces. Le tiré de la manga.

—Vámonos, vámonos de aquí... Renuncio... No se puede.

Cuando ya salimos a atmósfera respirable, suspiré muy compungida:

—¡Ay, Dios mío...! Sin misa hoy...

—No se apure —me contestó mi acompañante—, que yo oiré por usted aunque sea todas las gregorianas... Ya ajustaremos esa cuenta.

—A mí sí que me la ajustará el padre Urdax tan pronto me eche la vista encima —pensé para mis adentros, mientras me tentaba el hombro, donde había recibido un codazo feroz de uno de aquellos cafres.

IV

Don Diego, que en el coche se me figuraba reservado y tristón, se volvió muy dicharachero desde que andábamos por San Isidro, justificando su fama de buena sombra. Sujetando bien mi brazo para que las mareas de gente no nos separasen, él no perdía ripio, y cada pormenor de los tinglados famosos le daba pretexto para un chiste, que muchas veces no era tal sino en virtud del tono y acento con que lo decía, porque es indudable que, si se escribiesen las ocurrencias de los andaluces, no resultarían tan graciosas, ni la mitad, de lo que parecen en sus labios; al sonsonete, al ceceíllo y a la prontitud en responder se debe la mayor parte del salero.

Lo peor fue que como allí no había más personas regulares que nosotros, y Pacheco se metía con todo el mundo y a todo el mundo daba cuerda, nos rodeó la canalla de mendigos, fenómenos, chiquillos harapientos, gitanas, buñoleras y vendedoras. El impulso de mi acompañante era comprar cuanto veía, desde los escapularios hasta los botijos, hasta que me cuadré.

—Si compra usted más, me enfado.

—¡Soniche! Sanacabao las compras. ¡Que sanacabao digo! Al que no me deje en paz, le doy en igual de dinero, cañaso. ¿Tiene usted más que mandar?

—Mire usted, pagaría por estar a la sombra un ratito.

—¿En la cárcel por comprometeora? Llamaremos a la pareja y verasté que pronto.

Ahora que reflexiono a sangre fría, caigo en la cuenta de que era bastante raro y muy inconveniente que a los tres cuartos de hora de pasearnos juntos por San Isidro nos hablásemos don Diego y yo con tanta broma y llaneza. Es posible, bien mirado, que mi paisano tenga razón; que aquel sol, aquel barullo y aquella atmósfera popular obren sobre el cuerpo y el alma como un licor o vino de los que más se suben a la cabeza, y rompan desde el primer momento la valla de reserva que trabajosamente levantamos las señoras un día y otro contra osadías peligrosas. De cualquier índole que fuese, yo sentía ya un principio de mareo cuando exclamé:

—En la cárcel estaría a gusto con tal que no hiciese sol... Me encuentro así... no sé cómo: parece que me desvanezco.

—Pero ¿se siente usted mala? ¿Mala? —preguntó Pacheco seriamente, con vivo interés.

—Lo que se dice mala, no: es una fatiga, una sofocación... Se me nubla la vista.

Echose Pacheco a reír y me dijo casi al oído:

—Lo que usted tiene ya lo adivino yo, sin necesidad de ser sahorí... Usted tiene ni más ni menos que... gasusa.

—¿Eh?

—Debilidad, hablando pronto... Y no es usted sola... yo hace rato que doy las boqueás de hambre. ¡Si debe de ser mediodía!

—Puede, puede que no se equivoque usted mucho. A estas horas suelen pasearse los ratoncitos por el estómago... Ya hemos visto el Santo; volvámonos a Madrid y podrá usted almorzar, si gusta acompañarme...

—No señora... Si eso que usted discurre es un pueblo. Si lo que vamos a haser es almorsá en una fondita de aquí. ¡Que las hay...!

Se llevó los dedos apiñados a la boca y arrojó un beso al aire, para expresar la excelencia de las fondas de San Isidro.

Aturdida y todo como me encontraba, la idea me asustó: me pareció indecorosa, y vi de una ojeada sus dificultades y riesgos. Pero al mismo tiempo, allá en lo íntimo del alma, aquellos escollos me la hacían deliciosa, apetecible, como es siempre lo vedado y lo desconocido. ¿Era Pacheco algún atrevido, capaz de faltarme si yo no le daba pie? No, por cierto, y el no darle pie quedaba de mi cuenta. ¡Qué buen rato me perdía rehusando! ¿Qué diría Pardo de esta aventura si la supiese? Con no contársela... Mientras discurría así, en voz alta me negaba terminantemente... Nada, a Madrid de seguida.

Pacheco no cejó, y, en vez de formalizarse, echó a broma mi negativa. Con mil zalamerías y agudezas, ceceando más que nunca, afirmó que espicharía de necesidad si tardase en almorzar arriba de veinte minutos.

—Que me pongo de rodillas aquí mismo... —exclamaba el muy truhán—. Ea, un sí de esa boquita... ¡Usted verá el gran armuerso del siglo! Fuera escrúpulos... ¿Se ha pensao usted que mañana voy yo a contárselo a la señá duquesa de Sahagún? A este probetico..., ¡una limosna de armuerso!

Acabó por entrarme risa y tuve la flaqueza de decir:

—Pero... ¿y el coche, que está aguardando allá abajo?

—En un minuto se le avisa... Que procure cochera aquí... Y, si no, que se vuelva a Madrid, hasta la puesta del sol... Espere usted, buscaré alguno que lleve el recao... No la he de dejar aquí solita pa que se la coma un lobo: eso sí que no.

Debió de oírlo un guindilla que andaba por allí ejerciendo sus funciones y, en tono tan reverente y servicial como bronco lo usaba para intimar a la gentuza que se *desapartase*, nos dijo con afable sonrisa:

—Yo aviso si justan... ¿Dónde está o coche? ¿Cómo le llaman al cochero?

—Este no es de mi tierra, ni nada. ¿De qué parte de Galicia? —pregunté al agente.

—Desviado de Lujo tres légoas, a la banda de Sarria, para servir a vusté —explicó él, y los ojos le brillaron de alegría al encontrarse con una paisana.

«¿Si éste me conocerá por conducto de la Diabla?», pensé yo recelosa; pero mi temor sería infundado, pues el agente no añadió nada más. Para despacharle pronto, le expliqué:

—¿Ve aquella berlina con ruedas encarnadas..., cochero mozo, con patillas, librea verde? Allá abajo... Es la octava en la fila.

—Bien veo, bien.

—Pues va usted —ordenó Pacheco— y le dice que se largue a Madrí con viento fresco, y que por la tardesita vuerva y se plantifique en el mismo lugar. ¿Estamos, compadre?

Noté que mi acompañante extendía la mano y estrechaba con gran efusión la del guindilla; pero no sería esta distinción lo tanto le alegró la cara a mi conterráneo, pues le vi cerrar la diestra deslizándola en el bolsillo del pantalón, y entreoí la fórmula gallega clásica:

—De hoy en cien años.

Libre ya del apéndice del carruaje, por instinto me apoyé más fuerte en el brazo de don Diego, y él a su vez estrechó el mío como ratificando un contrato.

—Vamos poquito a poco subiendo al cerro... Ánimo y cogerse bien.

El sol campeaba en mitad del cielo, y vertía llamas y echaba chiribitas. El aire faltaba por completo: no se respiraba sino polvo arcilloso. Yo registraba el horizonte tratando de descubrir la prometida fonda, que siempre sería un techo, preservativo contra aquel calor del Senegal. Mas no se veía rastro de edificio grande en toda la extensión del cerro, ni antes ni después. Las únicas murallas blancas que distinguí a mi derecha eran las tapias de la Sacramental, a cuyo amparo descansaban los muertos sin enterarse de las locuras que del otro lado cometíamos los vivos. Amenacé a Pacheco con el palo de la sombrilla:

—¿Y esa fonda? ¿Se puede saber hasta qué hora vamos a andar buscándola?

—¿Fonda? —saltó Pacheco como si le sorprendiese mucho mi pregunta—. ¿Dijo usted fonda? El caso es... Mardito si sé a qué lado cae.

—¡Hombre..., pues de veras que tiene gracia! ¿No aseguraba usted que había fondas preciosas, magníficas? ¡Y me trae usted con tanta flema a asarme por estos vericuetos! Al menos entérese... Pregunte a cualquiera, ¡al primero que pase!

—¡Oigasté... cristiano!

Volviose un chulo de pelo alisado en peteneras, manos en los bolsillos de la chaquetilla, hocico puntiagudo, gorra alta de seda, estrecho pantalón y viciosa y pálida faz: el tipo perfecto del rata, de esos mocitos que se echa uno a temblar al verlos, recelando que hasta el modo de andar le timen.

—¿Hay por aquí alguna fonda, compañero? —interrogó Pacheco alargándole un buen puro.

—Se estima... Como haber fondas, hay fondas: misté por ahí too alredor, que fondas son; pero tocante a fonda, vamos, según se ice, de comías finas, pa la gente e aquel, me pienso que no hallarán ustés conveniencia: digo, esto me lo pienso yo: ustés verán.

—No hay más que merenderos, está visto —pronunció Pacheco bajo y con acento pesaroso.

Al ver que él se mostraba disgustado, yo, por ese instinto de contradicción humorística que en situaciones tales se nos desarrolla a las mujeres, me manifesté satisfecha. Además, en el fondo, no me desagradaba comer en un merendero. Tenía más carácter. Era más nuevo e imprevisto, y hasta menos clandestino y peligroso. ¿Qué riesgo hay en comer en un barracón abierto por todos lados donde está entrando y saliendo la gente? Es tan inocente como tomar un vaso de cerveza en un café al aire libre.

V

Convencidos ya de que no existía fonda ni sombra de ella, o de que nosotros no acertábamos a descubrirla, miramos a nuestro alrededor, eligiendo el merendero menos indecente y de mejor trapío. Casi en lo alto del cerro campeaba uno bastante grande y aseado; no ostentaba ningún rótulo extravagante, como los que se leían en otros merenderos próximos, verbigracia: «Refrescos de los que usava el Santo». «La mar en vevidas y comidas.» «La Brillantez: callos y caracoles.» A la entrada (que puerta no la tenía) hallábase de pie una chica joven, de fisonomía afable, con un puñal de níquel atravesado en el moño: y no había otra alma viviente en el merendero, cuyas seis mesas vacías me parecieron muy limpias y fregoteadas. Pudiera compararse el barracón a una inmensa tienda de campaña: las paredes de lona: el techo de unas esteras tendidas sobre palos: dividíase en tres partes desiguales, la menor ocultando la hornilla y el fogón donde guisaban, la grande que formaba el comedor, la mediana que venía a ser una trastienda donde se lavaban platos y cubiertos; pero estos misterios convinimos en que sería mejor no profundizarlos mucho, si habíamos de almorzar. El piso del merendero era de greda amarilla, la misma greda de todo el árido cerro: y una vieja sucia y horrible que frotaba con un estropajo las mesas no necesitaba sino bajarse para encontrar la materia primera de aquel aseo inverosímil.

Tomamos posesión de la mesa del fondo, sentándonos en un banco de madera que tenía por respaldo la pared de lona del barracón. La muchacha, con su perrera pegada a la frente por grandes churretazos de goma y su puñal de níquel en el moño, acudió solícita a ver qué mandábamos: olfateaba parroquianos gordos, y acaso adivinaba o presentía otra cosa, pues nos dirigió unas sonrisitas de inteligencia que me pusieron colorada. Decía a gritos la cara de la chica: «Buen par están estos dos... ¿Qué manía les habrá dado de venir a arrullarse en el Santo? Para eso más les valía quedarse en su nido... que no les faltará de seguro». Yo, que leía semejantes pensamientos en los ojos de la muy entremetida, adopté una actitud reservada y digna, hablando a Pacheco como se habla a un amigo íntimo, pero *amigo* a secas; precaución que, lejos de desorientar a la maliciosa muchacha, creo que sólo sirvió para abrirle más los ojos. Nos dirigió la consabida pregunta:

—¿Qué van a tomar?

—¿Qué nos puede usted dar? —contestó Pacheco—. Diga usted lo que hay, resalada..., y la señora irá escogiendo.

—Como haber..., hay de todo. ¿Quieren almorzar formalmente?

—Con toa formaliá.

—Pues de primer plato... una tortillita... o huevos revueltos.

—Vaya por los huevos revueltos. ¿Y hay magras?

—¿Unas magritas de jamón? Sí.

—¿Y chuletas?

—De ternera, muy ricas.

—¿Pescado?

—Pescado no... Si quieren latas... tenemos escabeche de besugo, sardinas...

—¿Ostras no?

—Como ostras..., no señora. Aquí pocas cosas finas se pueden despachar. Lo general que piden... callos y caracoles, Valdepeñas, chuletas.

—Usted resolverá —indiqué volviéndome a Pacheco.

—¿He de ser yo? Pues tráiganos de too eso que hemos dicho, niña bonita..., huevos, magras, ternera, lata de sardinas... ¡Ay!, y lo primero de too se va usted a traer por los aires una boteya e mansaniya y unas cañitas... Y aseitunas.

—Y después... ¿qué es lo que les he de servir? ¿Las chuletas antes de nada?

—No: misté, azucena: nos sirve usted los huevos, luego el jamón, las sardinas, las chuletitas... De postre, si hay algún queso...

—¡Ya lo creo que sí! De Flandes y de Villalón... Y pasas, y almendras, y rosquillas y avellanas tostás...

—Pues vamos a armorsá mejor que el Nuncio.

Esto mismo que exclamó Pacheco frotándose las manos lo pensaba yo. Aquellas ordinarieces, como diría mi paisano el filósofo, me abrían el apetito de par en par. Y aumentaba mi buena disposición de ánimo el encontrarme a cubierto del terrible sol.

Verdad que estaba a cubierto lo mismo que el que sale al campo a las doce del día bajo un paraguas. El sol, si no podía ensañarse con nuestros cráneos, se filtraba por todas partes y nos envolvía en un baño abrasador. Por entre las esteras mal juntas del techo, al través de la lona, y sobre todo por el abierto frente de la tienda, entraban a oleadas, a torrentes, no sólo la luz y el calor del astro, sino el ruido, el oleaje del humano mar, los gritos, las disputas, las canciones, las risotadas, los rasgueos y punteos de guitarra y vihuela, el infernal paso doble, el *¡Viva España!* de los duros pianos mecánicos.

Casi al mismo punto en que la chica del puñal de níquel depositaba en la mesa una botella rotulada MANZANILLA SUPERIOR, dos cañas del vidrio más basto y dos conchas con rajas de salchichón y aceitunas *aliñás*, se coló por la abertura una mujer desgreñada, cetrina, con ojos como carbones, saya de percal con almidonados faralaes y pañuelo de crespón de lana desteñido y viejo, que al cruzarse sobre el pecho dejaba asomar la cabeza de una criatura. La mujer se nos plantó delante, fija la mano izquierda en la cadera y accionando con la derecha: de qué modo se sostenía el chiquillo es lo que no entiendo.

—En er nombre e Dios, Pare, Jijo y Epíritu Zanto, que donde va er nombre e Dios no va cosa mala. Una palabrita les voy a icir, que lase a ostés mucha farta saberla...

—¡Calle! —grité yo, contentísima—. ¡Una gitana que nos va a decir la buenaventura!

—¿Le mando que se largue? ¿La incomoda a usted?

—¡Al contrario! Si me divierte lo que no es imaginable. Verá usted cuántos enredos va a echar por esa boca. Ea, la buenaventura pronto, que tengo una curiosidad inmensa de oírla.

—Pué diñe osté la mano erecha, jermosa, y una moneíta de plata pa jaser la crú.

Pacheco le alargó una peseta, y al mismo tiempo, habiendo descorchado la manzanilla y pedido otra caña, se la tendió llena de vino a la egipcia. Con este motivo armaron los dos un tiroteo de agudezas y bromas; bien se conocía que eran hijos de la misma tierra, y que ni a uno ni a otro se les atascaban las palabras en el gaznate, ni se les agotaba la labia aunque la derramasen a torrentes. Al fin la gitana se embocó el contenido de la cañita, y yo la imité, porque, con la sed, tentaba aquel vinillo claro. ¡Manzanilla superior! ¡A cualquier cosa llaman superior aquí! La manzanilla dichosa sabía a esparto, a piedra alumbre y a demonios coronados; pero como al fin era un líquido, y yo con el calor estaba para beberme el Manzanares entero, no resistí cuando Pacheco me escanció otra caña. Sólo que, en vez de refrescarme, se me figuró que un rayo de sol, disuelto en polvo, se me introducía en las venas y me salía en chispas por los ojos y en arreboles por la faz. Miré a Pacheco muy risueña, y luego me volví confusa, porque él me pagó la mirada con otra más larga de lo debido.

—¡Qué bonitos ojos azules tiene este perdis! —pensaba yo para mí.

El gaditano estaba sin sombrero; vestía un traje ceniza, elegante, de paño rico y flexible; de vez en cuando se enjugaba la frente sudorosa con un pañuelo fino, y a cada movimiento se le descomponía el pelo, bastante crecido, negro y sedoso; al reír, le iluminaba la cara la blancura de sus dientes, que son de los mejor puestos y más sanos que he visto nunca, y aún parecía doblemente morena su tez, o, mejor dicho, doblemente tostada, porque hacia la parte que ya cubre el cuello de la camisa se entreveía un cutis claro.

—La mano, jermosa —repitió la gitana.

Se la alargué y ella la agarró haciéndomela tener abierta. Pacheco contemplaba las dos manos unidas.

—¡Qué contraste! —murmuró en voz baja, no como el que

dice una galantería a una señora, sino como el que hace una reflexión entre sí.

En efecto, sin vanidad, tengo que reconocer que la mano de la gitana, al lado de la mía, parecía un pedazo de cecina feísimo: la tumbaga de plata, donde resplandecía una esmeralda falsa espantosa, contribuía a que resaltase el color cobrizo de la garra aquella, y claro está que mi diestra, que es algo chica, pulida y blanca, con anillos de perlas, zafiros y brillantes, contrastaba extrañamente. La buena de la bohemia empezó a hacer sus rayas y ensalmos, endilgándonos una retahíla de esas que no comprometen, pues son de doble sentido y se aplican a cualquier circunstancia, como las respuestas de los oráculos. Todo muy recalcado con los ojos y el ademán.

—Una cosa diquelo yo en esta manica, que hae suseder mu pronto, y nadie saspera que susea... Un viaje me vasté a jaser, y no ae ser para má, que ae ser pa sastisfisión e toos... Una carta me vasté a resibir, y lae alegrá lo que viene escribío en eya... Unas presonas me tiene usté que la quieren má, y están toas perdías por jaserle daño; pero der revé les ae salir la perra intensión... Una presoniya está chalaíta por usté (al llegar aquí la bruja clavó en Pacheco las ascuas encendidas de sus ojos) y un convite le ae dar quien bien la quiere... Amorosica de genio me es usté; pero cuando se atufa, una leona brava de los montes se me güerve... Que no la enriten a usté y que le yeven toiticas las cosas ar pelo de la suavidá, que, por la buena, corasón tiene usté pa tirarse en metá e la bahía e Cadis... Con mieles y no con hieles me la han de engatusar a usté... Un cariñiyo me vasté a tener mu guardadico en su pechito y no lo ae sabé ni la tierra, que secretica me es usté como la piedra e la sepultura... También una cosa le igo y es que usté mesma no me sabe lo que en ese corasonsiyo está guardao... Un cachito e gloria le va a caer der sielo y pasmáa se quedará usté; que a la presente me está usté como los pajariyos, que no saben el árbol onde han de ponerse...

Si la dejamos creo que aún sigue ahora ensartando tonterías. A mí su parla me entretenía mucho, pues ya se sabe que en esta clase de vaticinios tan confusos y tan latos siempre hay algo que responde a nuestras ideas, esperanzas y aspiraciones ocultas. Es lo mismo que cuando, al tiempo de jugar a los naipes, vamos corriéndolos para descubrir sólo la pinta, y adivinamos o presentimos de un modo vago la carta que va a salir. Pacheco me miraba atentamente, aguardando a que me cansase de gitanerías para despedir a la profetisa. Viendo que ya la chica del puñal en el moño acudía con la fuente de huevos revueltos, solté la mano, y mi acompañante despachó a la gitana, que antes de poner pies en polvorosa aún pidió no sé qué para *er churumbeliyo*.

Empezábamos a servirnos del apetitoso comistrajo y a descorchar una botella de jerez, cuando otro cuerpo asomó en la abertura de la tienda, se adelantó hacia la mesa y recitó la consabida jaculatoria:

—En er nombre e Dió Pare, Jijo y Epíritu Zanto, que onde va er nombre e Dió...

—¡Estamos frescos! —gritó Pacheco—. ¡Gitana nueva!

—Claro —murmuró con aristocrático desdén la chica del merendero—. Como a la otra le han dado cuartos y vino, se ha corrido la voz... Y tendrán aquí a todas las de la romería.

Pacheco alargó a la recién venida unas monedas y un vaso de Jerez.

—Bébase usté eso a mi salú..., y andar con Dios, y najensia.

—E que les igo yo la buenaventura e barde... por el aqué de la sal der mundo que van ustés derramando.

—No, no... —exclamé yo casi al oído de Pacheco—. Nos va a encajar lo mismo que la otra; con una vez basta. Espántela usted... sin reñirla.

—Bébase usté el Jerés, prenda... y najarse he dicho —ordenó el gaditano sin enojo alguno, con campechana franqueza.

La gitana, convencida de que no sacaba más raja ya, después de echarse al coleto el jerez y limpiarse la boca en el dorso de la mano, se largó con su indispensable *churumbeliyo*, que lo traía también escondido en el mantón como gusano en queso.

—¿Tienen todas su chiquitín? —pregunté a la muchacha.

—Todas, pues ya se ve —explicó ella con tono de persona desengañada y experta—. Valientes maulas están. Los chiquillos son tan suyos como de una servidora de ustedes. Infelices, los alquilan por ahí a otras bribonas, y sabe Dios el trato que les dan. Y está la romería plagada de estas tunantas, embusteronas. Lástima de abanico.

—¿Ustedes duermen aquí? —la dije por tirarle de la lengua—. ¿No tienen miedo a que de noche les roben las ganancias del día o la comida del siguiente?

—Ya se ve que dormimos con un ojo cerrado y otro abierto... Porque no se crea usted: nosotros tenemos un café a la salida de la Plaza Mayor y venimos aquí no más a poner el ambigú.

Comprendí que la chica se daba importancia, deseando probarme que era, socialmente, muy superior a aquella gentecilla de poco más o menos que andaba por los demás figones. A todo esto íbamos despachando la ración de huevos revueltos y nos disponíamos a emprenderla con las magras. Interceptó la claridad de la abertura otra sombra. Esta era una chula de mantón terciado, peina de bolas, brazos desnudos, que traía en un jarro de loza un inmenso haz de rosas y claveles, murmurando con voz entre zalamera y dolorida: «¡Señoritico! ¡Cómpreme usté flores pa osequiar a esa buena moza!». Al mismo tiempo que la florera, entraron en el merendero cuatro soldados, cuatro húsares jóvenes y muy bulliciosos, que tomaron posesión de una mesa pidiendo cerveza y gaseosa, metiendo ruido con los sables y regocijando la vista con su uniforme amarillo y azul. ¡Válgame Dios, y qué virtud tan rara tienen la manzanilla y el jerez, sobre todo cuando están encabezados y compuestos! Si en otra ocasión me veo yo almorzando así, entre soldados, creo que me da un soponcio; pero empezaba a tener subvertidas las nociones de la corrección y de la jerarquía social, y hasta me hizo gracia semejante compañía y la celebré con la risa más alegre del mundo. Pacheco, al observar mi buen humor, se levantó y fue a ofrecer a los húsares jerez y otros obsequios; de suerte que no sólo comíamos con ellos en el mismo bodegón, sino que fraternizábamos.

Cuando está uno de buen temple, ninguna cosa le disgusta. Alabé la comida; de la chula de los claveles dije que parecía un boceto de Sala; y entonces Pacheco sacó de la jarra las flores y me las echó en el regazo, diciendo: «Póngaselas usted todas». Así lo ejecuté, y quedó mi pecho convertido en búcaro. Luego me hizo reír con toda mi alma una desvergonzada riña que se oyó por detrás de la pared de lona, y las ocurrencias de Pacheco que se lió con los húsares no recuerdo con qué motivo. Volvió a nublarse el sol que entraba por la abertura y apareció un pordiosero de lo más remendado y haraposo. No contento con aflojar buena limosna, Pacheco le dio palique largo, y el mendigo nos contó aventuras de su vida: una sarta de embustes, por supuesto. Oyole el gaditano muy atentamente, y luego empezó a exigirle que trajese un guitarrillo y se cantase por lo más jondo. El pobre juraba y perjuraba que no sabía sino unas coplillas, pero sin música, y al fin le soltamos, bajo palabra de que nos traería un buen cantaor y tocador de bandurria para que nos echase polos y peteneras hasta morir. Por fortuna hizo la del humo.

Yo, a todo esto, más divertida que en un sainete, y dispuesta a entenderme con las chuletas y el Champagne. Comprendía, sí, que mis pupilas destellaban lumbre y en mis mejillas se podía encender un fósforo; pero lejos de percibir el atolondramiento que suponía precursor de la embriaguez, sólo experimentaba una animación agradabilísima, con la lengua suelta, los sentidos excitados, el espíritu en volandas y gozoso el corazón. Lo que más me probaba que aquello no era cosa alarmante era que comprendía la necesidad de guardar en mis dichos y modales cierta reserva de buen gusto; y en efecto la guardaba, evitando toda palabra o movimiento que siendo inocente pudiese parecer equívoco, sin dejar por eso de reír, de elogiar los guisos, de mostrarme jovial, en armonía con la situación... Porque allí, vamos, convengan ustedes en ello, también sería muy raro estar como si me hubiese tragado el molinillo.

VI

Pacheco, por su parte, me llevaba la corriente; cuidaba de que nunca estuviesen vacíos mi vaso ni mi plato, y ajustaba su humor al mío con tal esmero, cual si fuese un director de escena encargado de entretener y hacer pasar el mejor rato posible a un príncipe. ¡Ay! Porque eso sí: tengo que rendirle justicia al grandísimo truhán, y, una vez que me encuentro a solas con mi conciencia, reconocer que, animado, oportuno, bromista y (admitamos la terrible palabra) en *juerga* redonda conmigo, como se encontraba al fin y al cabo Pacheco, ni un dicho libre, ni una acción descompuesta o siquiera familiar llegó a permitirse. En ocasión tan singular y crítica, hubiera sido descortesía y atrevimiento lo que en otra mero galanteo o *flirtación* (como dicen los ingleses). Esto lo entendía yo muy bien, aun entonces, y, a la verdad, temía cualquiera de esas insinuaciones impertinentes que dejan a una mujer volada y le estropean el mejor rato. Sin la caballerosa delicadeza de Pacheco, aquella situación en que impremeditadamente me había colocado pudo ser muy ridícula para mí. Pero la verdad por delante: su miramiento fue tal que no me echó ni una flor, mientras hartaba de lindas, simpáticas y retrecheras a las gitanas, a la chica del puñal de níquel y hasta a la fregona del estropajo. Cierto que a veces sorprendí sus ojos azules que me devoraban a hurtadillas; sólo que apenas notaba que yo había caído en la cuenta, los desviaba a escape. Su acento era respetuoso, sus frases serias y sencillas al dirigirse sólo a mí. Ahora se me figura que tantas exquisiteces fueron calculadas, para inspirarme confianza e interés: ¡ah, malvado! Y bien que me iba comprando con aquel porte fino.

Surgió de repente ante nosotros, sin que supiésemos por dónde había entrado, una figurilla color de yesca, una gitanuela de algunos trece años, típica, de encargo para modelo de un pintor: el pelo azulado de puro negro, muy aceitoso, recogido en castaña, con su peina de cuerno y su clavel sangre de toro; los dientes y los ojos, brillantes, por contraste con lo atezado de la cara; la frente, chata como la de una víbora, y los brazos desnudos, verdosos y flacos lo mismo que dos reptiles. Y con el propio tonillo desgarrado de las demás, empezó la retahíla consabida:

—En er nombre de Dió Pare, Jijo...

De esta vez, la chica del merendero montó en cólera, y, dando al diablo sus pujos de señorita, se convirtió en chula de las más boquifrescas.

—¿Hase visto hato de pindongas? ¿No dejarán comer en paz a las personas decentes? ¿Conque las barre uno por un lado y se cuelan por otro? ¿Y cómo habrá entrado aquí semejante calamidá, digo yo? Pues si no te largas más pronto que la luz, bofetá como la que te arrimo no la has visto tú en tu vía. Te doy un recorrío al cuerpo, que no te queda lengua pa contarlo.

La chiquilla huyó más lista que un cohete; pero no habrían transcurrido dos segundos, cuando vimos entreabrirse la lona que nos protegía las espaldas, y por la rendija del lienzo asomó una jeta que parecía la del mismo enemigo, unos dientes que rechinaban, un puño cerrado, negro como una bola de bronce, y la gitanilla berreó:

—Arrastrá, condená, tía cochina, que malos retortijones te arranquen las tripas, y malos mengues te jagan picaíllo e los jígados, y malas culebras te piquen, y remardita tiña te pegue con er moño pa que te quedes pelá como tu ifunta agüela...

Llegaba aquí de su rosario de maldiciones, cuando la del puñal, que así se vio tratada, empuñó el rabo de una cacerola y se arrojó como una fiera a descalabrar a la egipcia: al hacerlo, dio con el codo a una botella de jerez que se derramó entera por el mantel. Este incidente hizo que la chica, olvidando el enojo, se echase a reír exclamando: «¡Alegría, alegría! Vino en el mantel... ¡boda segura!» y, por supuesto, la gitana tuvo tiempo de afufarse más pronta que un pájaro.

No ocurrió durante el almuerzo ninguna otra cosa que recordarse merezca, y lo bien que hago memoria de todo cuanto pasó en él me prueba que estaba muy despejada y muy sobre mí. Apuramos el último sorbo de Champagne y un empecatado café; saldó Pacheco la cuenta, gratificando como Dios manda, y nos levantamos con ánimo de recorrer la romería. Notaba yo cierta ligereza insólita en piernas y pies; me figuraba que se había suprimido el peso de mi cuerpo, y, en vez de andar, creía deslizarme sobre la tierra.

Al salir, me deslumbró el sol: ya no estaba en el cenit ni mucho menos; pero era la hora en que sus rayos, aunque oblicuos, queman más: debían de ser las tres y media o cuatro de la tarde, y el suelo se rajaba de calor. Gente, triple que por la mañana, y veinte veces más bullanguera y estrepitosa. Al punto que nos metimos entre aquel bureo, se me puso en la cabeza que me había caído en el mar: mar caliente, que hervía a borbotones, y en el cual flotaba yo dentro de un botecillo chico como una cáscara de nuez: golpe va y golpe viene, ola arriba y ola abajo. ¡Sí, era el mar; no cabía duda! ¡El mar, con toda la angustia y desconsuelo del mareo que empieza!

Lejos de disiparse esta aprensión, se aumentaba mientras iba internándome en la romería apoyada en el brazo del gaditano. Nada, señores, que estaba en mitad del golfo. Los innumerables ruidos de voces, disputas, coplas, pregones, juramentos, vihuelas, organillos, pianos se confundían en un rumor nada más: el mugido sordo con que el Océano se estrella en los arrecifes: y, allá a lo lejos, los columpios, lanzados al aire con vuelo vertiginoso, me representaban lanchas y falúas balanceadas por el oleaje. ¡Ay, Dios mío, y qué desvanecimiento me entró al convencerme de que, en efecto, me encontraba en alta mar! Me agarré al brazo de Pacheco como me agarro en la temporada de baños al cuello del bañero robusto, para que no me lleve el agua... Sentía un pánico atroz y no me atrevía a confesarlo, porque tal vez mi acompañante se reiría de mí, por fuera o por dentro, si le dijese que me mareaba, que me mareaba a toda prisa.

Una peripecia nos detuvo breves instantes. Fue una pelea de mujerotas. Pelea muy rara: por lo regular, estas riñas van acompañadas de vociferaciones, de chillidos, de injurias, y aquí no hubo nada de eso. Eran dos mozas: una que tostaba garbanzos en una sartén puesta sobre una hornilla: otra que pasó y con las sayas derribó el artilugio. Jamás he visto en rostro humano expresión de ferocidad como adquirió el de la tostadora. Más pronta que el rayo, recogió del suelo la sartén, y, echándose a manera de irritada tigre sobre la autora del desaguisado, le dio con el filo en mitad de la cara. La agredida se volvió sin exhalar un ay, corriéndole de la ceja a la mejilla un hilo de sangre: y, trincando a su enemiga por el moño, del primer arrechucho le arrancó un buen mechón, mientras le clavaba en el pescuezo las uñas de la mano izquierda: cayeron a tierra las dos amazonas, rodando entre trébedes, hornillas y cazos; se formó alrededor corro de mirones, sin que nadie pensase en separarlas, y ellas seguían luchando, calladas y pálidas como muertas, una con la oreja rasgada ya, otra con la sien toda ensangrentada y un ojo medio saltado de un puñetazo. Los soldados se reían a carcajadas y les decían requiebros indecentes, en tanto que se despedazaban las infelices. Advertí por un instante que se me quitaba el mareo, a fuerza de repugnancia y lástima: me acordé de mi paisano Pardo, y de aquello del salvajismo y la barbarie española. Pero duró poco esta idea, porque en seguidita se me ocurrió otra muy singular: que las dos combatientes eran dos pescados grandes, así como golfines o tiburones, y que a coletazos y mordiscos, sin chistar, estaban haciéndose trizas. Y este pensamiento me renovó la fatiga del mareo de tal modo que arrastré a Pacheco.

—Vámonos de aquí... No me gusta ver esto... Se matan.

Preguntome don Diego si me sentía mal, en cuyo caso no visitaríamos los barracones donde enseñan panoramas y fenómenos. Respondí muy picada que me encontraba perfectamente y capaz de examinar todas las curiosidades de la romería. Entramos en varias barracas, y vimos un enano, un ternero de dos cabezas, y por último la mujer de cuatro piernas, muy pizpireta, muy escotada, muy vestida de seda azul con puntillas de algodón, y que enseñaba sonriendo —la risa del conejo— sus dobles muñones al extremo de cada rodilla. En esta pícara barraca se apoderó de mí, con más fuerza que nunca, la convicción de que me hallaba en alta mar, entregada a los vaivenes del Océano. En el lado izquierdo del barracón había una serie de agujeritos redondos por donde se veía un cosmorama: y yo empeñada en que eran las portas del buque, sin que me sacase de mi error el que al través de las susodichas portas se divisase, en vez del mar, la plaza del Carrousel... el Arco de la Estrella... el Coliseo de Roma... y otros monumentos análogos. Las perspectivas arquitectónicas me parecían desdibujadas y confusas, con gran temblequeteo y vaguedad de contornos, lo mismo que si las cubriese el trémulo velo de las olas. Al volverme y fijarme en el costado opuesto de la barraca, los grandes espejos de *rigolada*, de lunas cóncavas o convexas, que reflejaban mi figura con líneas grotescamente deformes, me parecieron también charcos de agua de mar... ¡Ay, ay, ay, qué malo se pone esto! Un terror espantoso cruzó por mi mente: ¿apostemos a que todas estas chifladuras marítimas y náuticas son pura y simplemente una... vamos, una *filoxerita*, como ahora dicen? ¡Pero si he bebido poco! ¡Si en la mesa me encontraba tan bien!

—Hay que disimular —pensé—. Que Pacheco no se entere... ¡Virgen, y qué vergüenza, si lo nota...! Volver a Madrid corriendo... ¡Quiá! El movimiento del coche me pierde, me acaba, de seguro... Aire, aire... ¡Si hubiese un rincón donde librarse de este gentío!

O Pacheco leyó en mis pensamientos, o coincidió conmigo en sensaciones, pues se inclinó y con el más cariñoso y deferente tono murmuró a mi oído:

—Hace aquí un calor intolerable... ¿Verdad que sí? ¿Quiere usted que salgamos? Daremos una vueltecita por la pradera y la alameda; estará más despejado y más fresco.

—Vamos —respondí fingiendo indiferencia, aunque veía el cielo abierto con la proposición.

VII

Salimos de la barraca y bajamos del cerro a la alameda, siempre empujados y azotados por la ola del gentío, cuyas aguas eran más densas según iba acercándose la noche. Llegó un momento en que nos encontramos presos en remolino tal que Pacheco me apretó fuertemente el brazo y tiró de mí para sacarme a flote. Me latían las sienes, se me encogía el corazón y se me nublaban los ojos: no sabía lo que me pasaba: un sudor frío bañaba mi frente. Forcejeábamos deseando romper por entre el grupo, cuando nos paró en firme una cosa tremenda que se apareció allí, enteramente a nuestro lado: un par de navajas desnudas, de esas *lenguas de vaca* con su letrero de *Si esta bíbora te pica no hay remedio en la botica*, volando por los aires en busca de las tripas de algún prójimo. También relucían machetes de soldados, y se enarbolaban garrotes, y se oían palabras soeces, blasfemias de las más horribles... Me arrimé despavorida al gaditano, el cual me dijo a media voz:

—Por aquí... No pase usted cuidado... Vengo prevenido.

Le vi meter la mano en el bolsillo derecho del chaleco y asomar en él la culata de un revólver: vista que redobló mi susto y mis esfuerzos para desviarme. No nos fue difícil, porque todo el mundo se arremolinaba en sentido contrario, hacia el lugar de la pendencia. Pronto retrocedimos hasta la alameda, sitio relativamente despejado. Allí y todo, continuaban mis ilusiones marítimas dándome guerra. Los carruajes, los carros de violín, los ómnibus, las galeras, cuanto vehículo estaba en espera de sus dueños, me parecían a mí embarcaciones fondeadas en alguna bahía o varadas en la playa, paquetes de vapor con sus ruedas, quechemarines con su arboladura. Hasta olor a carbón de piedra y a brea notaba yo. Que sí, que me había dado por la náutica.

—¿Vámonos a la orilla... allí, donde haya silencio? —supliqué a Pacheco—. ¿Donde corra fresquito y no se vea un alma? Porque la gente me mar...

Un resto de cautela me contuvo a tiempo, y rectifiqué:

—Me fatiga.

—¿Sin gente? Dificilillo va a ser hoy... Mire usted. —Y Pacheco señaló extendiendo la mano.

Por la praderita verde; por las alturas peladas del cerro; por cuanta extensión de tierra registrábamos desde allí, bullía el mismo hormiguero de personas, igual confusión de colorines, balanceo de columpios, girar de tiovivos y corros de baile.

—Hacia allá —indiqué—, parece que hay un espacio libre...

Para llegar a donde yo indicaba, era preciso saltar un vallado, bastante alto por más señas. Pacheco lo salvó y desde el lado opuesto me tendió los brazos. ¡Cosa más particular! Pegué el brinco con agilidad sorprendente. Ni notaba el peso de mi cuerpo; se había derogado para mí la ley de gravedad: creo que podría hacer volatines. Eso sí, la firmeza no estaba en proporción con la agilidad, porque, si me empujan con un dedo, me caigo y boto como una pelota.

Atravesamos un barbecho, que fue una serie de saltos de surco a surco, y por senderos realmente solitarios fuimos a parar a la puerta de una casaca que se bañaba los pies en el Manzanares. ¡Ay, qué descanso! Verse uno allí casi solo, sin oír apenas el estrépito de la romería, con un fresquito delicioso venido de la superficie del agua, y con la media obscuridad o al menos la luz tibia del sol que iba poniéndose... ¡Alabado sea Dios! Allá queda el tempestuoso Océano con sus olas bramadoras, sus espumarajos y sus arrecifes, y héteme al borde de una pacífica ensenada, donde el agua sólo tiene un rizado de onditas muy mansas que vienen a morir en la arena sin meterse con nadie...

¡Dale con el mar! ¡Mire usted que es fuerte cosa! ¿Si continuará aquello? ¿Si...?

A la puerta de la casaca asomó una mujer pobremente vestida y dos chiquillos harapientos, que muy obsequiosos me sacaron una silla. Sentose Pacheco a mi lado sobre unos troncos. Noté bienestar inexplicable y me puse a mirar cómo se acostaba el sol, todo ardoroso y sofocado, destellando sus últimos resplandores en el Manzanares. Es decir, en el Manzanares no: aquello se parecía extraordinariamente a la bahía viguesa. La casa también se había vuelto una lancha muy airosa que se mecía con movimiento insensible; Pacheco, sentado en la popa, oprimía contra el pecho la caña del timón, y yo, muellemente reclinada a su lado, apoyaba un codo en su rodilla, recostaba la cabeza en su hombro, cerraba los ojos para mejor gozar del soplo de la brisa marina que me abanicaba el semblante... ¡Ay, madre mía, qué bien se va así...! De aquí al cielo...

Abrí los párpados... ¡Jesús, qué atrocidad! Estaba en la

misma postura que he descrito, y Pacheco me sostenía en silencio y con exquisito cuidado, como a una criatura enferma, mientras me hacía aire, muy despacio, con mi propio pericón...

No tuve tiempo a reflexionar en situación tan rara. No me lo permitió el afán, la fatiga inexplicable que me entró de súbito. Era como si me tirasen del estómago y de las entrañas hacia fuera con un garfio para arrancármelas por la boca. Llevé las manos a la garganta y al pecho, y gemí:

—¡A tierra, a tierra! ¡Que se pare el vapor... me mareo, me mareo! ¡Que me muero...! ¡Por la Virgen, a tierra!

Cesé de ver la bahía, el mar verde y espumoso, las crespas olitas; cesé de sentir el soplo del nordeste y el olor del alquitrán... Percibí, como entre sueños, que me levantaban en vilo y me trasladaban... ¿Estaríamos desembarcando? Entreoí frases que para mí entonces carecían de sentido. «—Probetica, sa puesto mala. —Por aquí, señorito... —Sí que hay cama y lo que se necesite... —Mandar...» Sin duda ya me habían depositado en tierra firme, pues noté un consuelo grandísimo y luego una sensación inexplicable de desahogo, como si alguna manaza gigantesca rompiese un aro de hierro que me estaba comprimiendo las costillas y dificultando la respiración. Di un suspiro y abrí los ojos...

Fue un intervalo lúcido, de esos que se tienen aún en medio del síncope o del acceso de locura, y en que comprendí claramente todo cuanto me sucedía. No había mar, ni barco, ni tales carneros, sino turca de padre y muy señor mío; la tierra firme era el camastro de la tabernera, el aro de hierro el corsé que acababan de aflojarme; y no me quedé muerta de sonrojo allí mismo, porque no vi en el cuarto a Pacheco. Sólo la mujer, morena y alta, muy afable, se deshacía en cuidados, me ofrecía toda clase de socorros...

—No, gracias... Silencio y estar a obscuras... Es lo único... Bien, sí, llamaré si ocurre. Ya, ya me siento mejor... Silencio y dormir; no necesito más.

La mujer entornó el ventanuco por donde entraba en el chiribitil la luz del sol poniente y se marchó en puntillas. Me quedé sola: me dominaba una modorra invencible: no podía mover brazo ni pierna; sin embargo, la cabeza y el corazón se me iban sosegando por efecto de la penumbra y la soledad. Cierto que andaba otra vez a vueltas con la manía náutica, pues pensaba para mis adentros: —¡Qué bien me encuentro así..., en este camarote..., en esta litera..., y qué serena debe de estar la mar...! ¡Ni chispa de balance! ¡El barco no se mueve!

Yo había oído asegurar muchas veces que si tenemos los ojos cerrados y alguna persona se pone a mirarnos fijamente, una fuerza inexplicable nos obliga a abrirlos. Digo que es verdad y lo digo por experiencia. En medio de mi sopor empecé a sentir cierta comezón de alzar los párpados, y una inquietud especial, que me indicaba la presencia de *alguien* en el tugurio... Entreabrí los ojos y con gran sorpresa vi el agua del mar, pero no la verde y plomiza del Cantábrico, sino la del Mediterráneo, azul y tranquila... Las pupilas de Pacheco, como ustedes se habrán imaginado. Estaba de pie, y, cuando clavé en él la mirada, se inclinó y me arregló delicadamente la falda del vestido para que me cubriese los pies.

—¿Cómo vamos? ¿Hay ánimos para levantarse? —murmuró: es decir, sería algo por el estilo, pues no me atrevo a jurar que dijese esto.

Lo que afirmo es que le tendí las dos manos, con un cariñazo repentino y descomunal, porque se me había puesto en el moño que me encontraba allí abandonadita en medio de un golfo profundo y que iba a ahogarme si no acierta a venir en mi auxilio Pacheco. Él tomó las manos que yo ofrecía; las apretó muy afectuoso; me tentó los pulsos y apoyó su derecha en mis sienes y frente. ¡Cuánto bien me hacía aquella presioncita cuidadosa y firme! Como si me volviese a encajar los goznes del cerebro en su verdadero sitio, dándoles aceite para que girasen mejor. Le estreché la mano izquierda... ¡Qué pegajoso, qué majadero se vuelve uno en estas situaciones... anormales! Yo me estaba muriendo por mimos, igual que una niña pequeña... ¡Quería que me tuviesen lástima...! Es sabido que a mucha gente le dan las turcas por el lado tierno. Ganas me venían de echarme a llorar, por el gusto de que me consolasen.

Había a la cabecera de la cama una mugrienta silla de Vitoria, y el gaditano tomó asiento en ella acercando su cara a la dura almohada donde reclinaba la mía. No sé qué me fue diciendo por lo bajo: sí que eran cositas muy dulces y zalameras, y que yo seguía estrujándole la mano izquierda con fuerza convulsiva, sonriendo y entornando los párpados, porque me parecía que de nuevo bogábamos en el esquife, y las olas hacían un ¡clap! ¡clap! armonioso contra el costado. Sentí en la mejilla un soplo caliente, y luego un contacto parecido al revoloteo de una mariposa. Sonaron pasos fuertes, abrí los ojos y vi a la mujer alta y morena, figonera, tabernera o lo que fuese.

—¿Le traigo una tacita de té, señorita? Lo tengo mu bueno, no se piensen ustés que no... Se le pué echar unas gotas de ron, si les parece...

—¡No, ron no! —articulé muy quejumbrosa, como si pidiese que no me mataran.

—¡Sin ron... y calentito! —mandó Pacheco.

La mujer salió. Cerré otra vez los ojos. Me zumbaban los sesos: ni que tuviese en ellos un enjambre de abejas. Pacheco seguía apretándome las sienes, lo cual me aliviaba mucho. También noté que me esponjaba la almohada, que me alisaba el pelo. Todo de una manera tan insensible, como si una brisa marina muy mansa me jugase con los rizos. Volvieron a oírse los pasos y el duro taconeo.

—El té, señorito... ¿Se lo quié usté dar o se lo doy yo?

—Venga —exclamó el meridional.

Le sentí revolver con la cucharilla y que me la introducía entre los labios. Al primer sorbo me fatigó el esfuerzo y dije *que no* con la cabeza; al segundo me incorporé de golpe, tropecé con la taza, y ¡zas!, el contenido se derramó por el chaleco y pantalón de mi enfermero. El cual, con la insolencia más grande que cabe en persona humana, me preguntó:

—¿No lo quieres ya? ¿O te pido otra tacita?

Y yo... ¡Dios de bondad! ¡De esto sí que estoy segura!, le contesté empleando el mismo tuteo y muy mansa y babosa:

—No, no pidas más... Se hace noche... Hay que salir de aquí... Veremos si puedo levantarme. ¡Qué mareo, Señor, qué mareo!

Tendí los brazos confiadamente: el malvado me recibió en los suyos y, agarrada a su cuello, probé a saltar del camastro. Con el mayor recato y comedimiento, Pacheco me ayudó a abrocharme, me estiró las guarniciones de mi saya de surá, me presentó el imperdible, el sombrero, el velito, el agujón, el abanico y los guantes. No se veía casi nada, y yo lo atribuía a la mezquindad del cuchitril; pero así que, sostenida por Pacheco y andando muy despacio, salí a la puerta del figón, pude convencerme de que la noche había cerrado del todo. Allá a lo lejos, detrás del muro que cercaba el campo, hormigueaba confusamente la romería, salpicada de lucecillas bailadoras, innumerables...

La calma de la noche y el aire exterior me produjeron el efecto de una ducha de agua fría. Sentí que la cabeza se me despejaba y que, así como se va la espuma por el cuello de la botella de Champagne, se escapaban de mi mollera en burbujas el sol abrasador y los espíritus alcohólicos del endiablado vino compuesto. Eso sí: en lugar de meollo me parecía que me quedaba un sitio hueco, vacío, barrido con escoba... Encontrábame aniquilada, en el más completo idiotismo.

Pacheco me guiaba, sin decir oste ni moste. Derechos como una flecha fuimos adonde mi coche aguardaba ya. Sus dos faroles lucían a la entrada de la alameda, en el mismo sitio en que por la mañana le mandáramos esperar. Entré y me dejé caer en el asiento medio exánime. Pacheco me siguió; dio una orden, y la berlina empezó a rodar poco a poco.

¡Ay, Dios de mi vida! ¿Quién soñó que se habían acabado ya los barcos, el oleaje, mis fantasías marítimas todas? ¡Pues si ahora es cuando navegábamos de veras, encerrados en el camarote de un trasatlántico, y a cada tres segundos cuchareaba el buque o cabeceaba bajando a los abismos del mar y arrastrándome consigo! La voz de Pacheco no era tal voz, sino el ruido del viento en las jarcias... ¡Nada, nada, que hoy naufrago!

—¿Vas disgustá conmigo? —gemía a mi oído el sudoeste—. No vayas. Mira, bien callé y bien prudente fui... Hasta que me apretaste la mano... Perdón, sielo, me da una pena verte afligía... Es una rareza en mí, pero estoy así como aturdido de pensar si te enfadarás por lo que te dije... Pobrecita, no sabes lo guapa que estabas mareá... Los ojos tuyos echaban lumbre... ¡Vaya unos ojos que tienes tú! Anda... descansa así, en el hombro mío. Duerme, niñita, duerme...

Tal vez equivoque yo las palabras, porque resultaban un murmullo y no más... Lo que sí recuerdo con absoluta exactitud es esta frase, que sin duda cayó en el intervalo de una ola a otra:

—¿Sabes qué decían en aquel figón? Pues que debíamos de ser recién casados..., «porque él la trata con mucho cariño y no sabe qué hacer para cuidarla».

Y puedo jurar que no me acuerdo de ninguna cosa más; de ninguna. Sí..., pero muy vagamente: que el coche se detuvo a mi puerta, y que por las escaleras me ayudó a subir Pacheco, y que, desfallecida y atónita como me encontraba, le rogué que no entrase, sin duda obedeciendo a un instinto de precaución. No sé lo que me dijo al despedirse; sé que la despedida fue rápida y sosa. A la Diabla, que al abrir me incrustó en la cara su curioso mirar, le expliqué tartamudeando que me había hecho daño el sol, que deseaba acostarme. Claro que se habrá comido la partida... Sí, que se mama ella el dedo... ¡Buenas cosas pensará a estas horas de mí!

Me precipité a mi cuarto, me eché en la cama, me puse de cara a la pared, y, aunque al pronto volví a amodorrarme, hacia las tres de la madrugada empezó la función y se renovó mi padecimiento. No quise llamar a Ángela... ¡Para que se escamase tres veces más! ¡Ay, qué noche... noche de perros! ¡Qué bascas, qué calentura, qué pesadillas, qué aturdimiento, qué jaqueca al despertar!

Y, sobre todo, ¡qué compromiso, qué lance, qué parchazo! ¡Qué lío tan espantoso...! ¡Qué resbalón! (ya es preciso convenir en ello).

VIII

Convengamos: pero también en que Pacheco, habiéndose portado tan correctamente al principio, no debió luego echarla a perder. Si yo, por culpa de las circunstancias —eso es, de las circunstancias inesperadísimas en que me he visto— pude darle algún pie, a la verdad, ningún caballero se aprovecha de ocasiones semejantes; al contrario, en ellas debe manifestar su educación, si la tiene. Yo me trastorné completamente, por lo mismo que nunca anduve en pasos como estos; yo no estaba en mi cabal juicio; no señor; yo no tenía responsabilidad, y él, el grandísimo pillo, tan sereno como si le acabasen de enfriar en el pozo... Lo dicho: ¡fue una osadía, una serranada incalificable!

Cuanto más lo pienso... ¡Un hombre que hace veinticuatro horas no había cruzado conmigo media docena de palabras; un hombre que ni siquiera es visita mía! Cierta heroína de novela, de las que yo leía siendo muchacha, en un caso así recuerdo que empezó a devanarse los sesos preguntándose a sí propia: «¿Le amo?». ¡Valiente tontería la de aquella simple! ¡Qué amor ni qué...! Caso de preguntar, yo me preguntaría: «¿Le conozco a este caballero?». Porque maldito si sé hasta ni cómo se llama de segundo apellido... Lo que sé es que le detesto y le juzgo un pillastre. Motivos tengo sobrados: ¡que se ponga en mi caso cualquiera!

Y ahora... Supongamos que, naturalmente, cuando él aporte por aquí, me cierro a la banda y doy orden terminante a los criados: que he salido. Se pondrá furioso, y lo menos que hará, con el despecho, irse alabando en casa de Sahagún... Porque de fijo es uno de esos tipos que pegan carteles en las esquinas... ¡Como si lo viera...! Y resistir que se me presente tan fresco... vamos, es de lo que no pasa. Una, que me daría un sofoco de primera; otra, que en estas cosas, si no se empieza cortando por lo sano... Me parece lo más natural. Me niego... y se acabó. Escribirá... Bien, no contesto. Y dentro de unos días, como ya salgo de Madrid... Sí, todo se arregla.

Y... a sangre fría, Asís... ¿Es ese descarado quien tiene la culpa toda? Vamos, hija, que tú... ¿Quién te mandaba satisfacer el caprichito de ir al Santo, y de acompañarte con una persona casi desconocida, y de almorzar allí en un merendero churri, como si fueses una salchichera de los barrios bajos? ¿Por qué probaste del vino aquel, que está encabezado con el *amílico* más venenoso? ¿No sabías que, aun sin vino, a ti el sol te marea?

Te dejaste embarcar por la Sahagún... Pero la Sahagún... Para ciertas personas no rigen las ordenanzas sociales. La Sahagún no sólo es muy experta, y muy despabilada, y discretísima, y una de esas mujeres a quienes nadie se les atreve no queriendo ellas, sino que con su alta posición convierte en excentricidad graciosa e inofensiva lo que en las demás se toma por desvergüenza y liviandad. Hay gentes que tienen permiso para todo, y se imponen, y les caen bien hasta las barrabasadas. Pero yo que soy una señora como todas, una de tantas, debo respetar el orden establecido y no meterme en honduras. Era visto que Pacheco se había de figurar desde el primer instante... No, no es justo acusarle a él solo.

Bien dice mi paisano. Somos ordinarios y populacheros; nos pule la educación treinta años seguidos y renace la corteza... Una persona decente, en ciertos sitios, obra lo mismo que obraría un mayoral. Aquí estoy yo que me he portado como una chula.

Es decir... más bien obré como una tonta. Caí de inocente. No supe precaver, pero no hubo en mí mala intención. Ello ocurrió... porque sí. Me pesa, Señor. En toda mi vida me ha sucedido ni ha de volver a sucederme cosa semejante... De eso respondo, y, ahora, a remediar el daño. Puerta cerrada, esquinazo, mutis. No me vuelve a ver el pelo el señorito ese. En tomando el tren de Galicia... Y sin tanto. Declaro la casa en estado de sitio... Aquí no entra una mosca. Ya verá si es tan fácil marear a una mujer cuando ella sabe lo que se hace.

IX

Así, punto más, punto menos, hubiera redactado su declaración la dama, si confiase al papel lo que le bullía en el magín. No afirmamos que, aun dialogando con su conciencia propia, fuese la marquesa viuda de Andrade perfectamente sincera, y no omitiese algún detalle, que agravara su tanto de culpa en el terreno de la imprevisión, la ligereza o la coquetería. Todo es posible y no conviene salir fiador de nadie en este género de confesiones, que nunca se hacen sin pelos en la lengua y restricciones en la mente.

Sin embargo, no puede negarse que la señora había referido con bastante franqueza el terrible episodio, tanto más terrible para ella, cuanto que hasta dar este mal paso caminara con pie firme y alegre espíritu por la senda de la honestidad. Mérito suyo, más que fruto de la educación paterna, no muy rígida, ni excesivamente vigilante. A Asís se le habían cumplido cuantos caprichos puede tener en un pueblo como Vigo una niña rica, huérfana de madre, y única. A los veinte años de edad, asistiendo a todos los bailes del Casino, a todos los paseos en la Alameda, a todas las verbenas y romerías de Cristos y Pastoras, visitando todos los buques de todas las escuadras que fondeaban en el puerto, Asís no había hecho cosa esencialmente mala, pues no hay severidad que baste a condenar de un modo rigoroso el carteo con un teniente de navío, a quien veía de higos a brevas —cuando la *Villa de Bilbao* andaba en aquellas aguas—. Por entonces le entró al papá de Asís, acaudalado negociante, la ventolera de las contratas acompañada naturalmente de la necesidad de meterse en política: tuvo distrito, y contrata va y legislatura viene, comenzó a llevarse a su hija a Madrid todos los inviernos, a dar una vueltecita —la frase sacramental—. Hospedábanse en casa de un primo de la difunta mamá de Asís, el marqués de Andrade, consejero de Estado, porque Asís era fruto de una de esas alianzas entre blasones y talegas que en Galicia y en todas partes se ven tan a menudo, sin que tuerza el gesto ningún venerable retrato de familia, ni ningún abuelo se estremezca en su tumba. El consejero de Estado se encontraba viudo y sin descendencia; conservaba un cerquillo de pelo alrededor de una lucia calva; poseía buenos modales, carácter ameno (en la Corte no existen viejos avinagrados) y la suficiente mundología para saber cómo ha de insinuarse un cincuentón con una muchacha. Asís empezó por enseñarle a su tío, bromeando, las cartas del marino, y acabó por escribir a este una significándole que sus relaciones «quedaban cortadas para siempre». Y así fue, y la esbelta sombra con gorrilla blanca y levita azul y anclas de oro no se apareció jamás al pie del tálamo de los marqueses de Andrade.

El marqués tuvo el talento de no ser celoso y hacerle grata a su mujer la vida conyugal. Hasta se separó de otra hermana suya —con la cual vivía desde su primer matrimonio— porque era devota, maniática, opuesta a la sociedad y a las distracciones, y no podía congeniar con la joven esposa; y no se mostró remiso en aflojar dinero para modistas, ni en gastar tiempo en teatros, saraos y tertulias. También supo evitar el delirio de los extremos amorosos, impropios de su edad y la de Asís combinadas; dejó dormir lo que no era para despertado, y así logró siete años de tranquila ventura y una chiquilla algo enclenque, que únicamente revivía con los aires marinos y agrestes de la tierra galaica. Un derrame seroso cortó el curso de los días del buen consejero de Estado, y Asís quedó libre, rica, moza, bien mirada y con el alma serena.

Pasaba en Madrid los inviernos, teniendo a su niña de medio interna en un atildado colegio francés; los veranos se iba a Vigo, al lado de su papá; a veces (como sucedía ahora), el viaje de la chiquilla se adelantaba un poco, porque el abuelo, al cerrarse las Cortes, se la llevaba consigo a desencanijarse en la aldea... Asís la dejaba marchar de buen grado. El amor maternal era en ella lo que había sido el cariño conyugal: sentimiento apacible, exento de esas divinas locuras que abrasan el alma y dan a la existencia sentido nuevo. La marquesa de Andrade vivía contenta, algo envanecida de haber soltado la cáscara provinciana, y satisfecha también de conservar su honradez como la conservan allá en Vigo las señoras muy visibles, que no dan un paso sin que el vecindario sepa si fue con el pie izquierdo o el derecho. Entretenía sus ocios pensando, por ejemplo, que el último vestido que le había mandado su modista era tan gracioso y menos caro que el de Worth de la Sahagún; que estaba a bien con el padre Urdax, merced a haber entrado en una asociación benéfica muy recomendada por los jesuitas; que ella era una dama formal, intachable, y que, sin embargo, no dejaban de citarla con elogio en las revistas de salones alguna que otra vez; que podía vivirse en el mundo sin dar entrada al demonio, y que ni el mundo ni Dios tenían por qué volverle la espalda.

Y ahora...

X

Oyendo un nuevo repiqueteo de campanilla, acudió Ángela despavorida, a ver *qué era*. Su ama estaba medio incorporada sobre un codo.

—Venga quien venga, ¿entiendes?, venga quien venga..., que he salido.

—A todo el mundo, vamos; que ha salido la señorita.

—A todo el mundo: sin excepción. Cuidadito como me dejas entrar a nadie.

—¡Jesús, señorita! Ni el aire entrará.

—Y prepárame el baño.

—¿El baño? ¿No le sentará mal a la señorita?

—No —contestó Asís secamente—. (¡Manía de meterse en todo tienen estas doncellas!)

—¿Y la orden del coche, señorita? Ya dos veces ha venido Roque a preguntarla.

Al nombre del cochero, sintió Asís que le *subía un pavo* atroz, como si el cochero representase para ella la sociedad, el deber, todas las conveniencias pisoteadas y atropelladas la víspera. ¡El cochero sí que debía maliciarse...!

—Dile..., dile que... venga dentro de un par de horas..., a las cuatro y media... No, a las cinco y cuarto. Para paseo... Las cinco y media más bien.

Saltó de la cama, se puso la bata y se calzó las chinelas. ¡Sentía un abatimiento grande, agujetas, cansancio, y al mismo tiempo una excitación, unas ganas de echar a andar, de huir de sí misma, de no verse ni oírse! No se podía sufrir.

—¡Qué vida tan incómoda la de las señoras que anden siempre en estos enredos! No les arriendo la ganancia... ¡Ay!, aborrezco los tapujos y las ilegalidades... He nacido para vivir con orden y con decoro, está visto. ¿Le dará a ese tunante por venir?

Mientras no estaba dispuesto el baño, practicó Asís las operaciones de aseo que deben precederle: limpiarse y limarse las uñas, lavar y cepillar esmeradamente la dentadura, desenredar el pelo y pasarse repetidas veces el peine menudo, registrarse cuidadosamente las orejas con la esponjita y la cucharita de marfil, frotarse el pescuezo con el guante de crin suavizado con pasta de almendra y miel. A cada higiénica operación y a cada parte de su cuerpo que quedaba como una patena, Asís creía ver desaparecer la marca de las irregularidades del día anterior, y confundiendo involuntariamente lo físico y lo moral, al asearse, juzgaba regenerarse.

Avisó la Diabla que estaba listo el baño. Asís pasó a un cuartuco obscuro, que alumbraba un quinqué de petróleo (las habitaciones de baño fantásticas que se describen en las novelas no suelen existir sino en algún palacio, nunca en las casas de alquiler), y se metió en una bañadera de cinc con capa de porcelana —idéntica a las cacerolas—. ¡Qué placer! En el agua clara iban a quedarse la vergüenza, la sofoquina y las inconveniencias de la aventura... ¡Allí estaban escritas con letras de polvo! ¡Polvo doblemente vil, el polvo de la innoble feria! ¡Y cuidado que era pegajoso y espeso! ¡Si había penetrado al través de las medias, de la ropa interior, y en toda su piel lo veía depositado la dama! Agua clara y tibia —pensaba Asís— lava, lava tanta grosería, tanto flamenquismo, tanta barbaridad: lava la osadía, lava el desacato, lava el aturdimiento, lava el... Jabón y más jabón. Ahora agua de Colonia... Así.

Esta manía de que con agua de Colonia y jabón fino se le quitaban las manchas a la honra se apoderó de la señora en grado tal que a poco se arranca el cutis, de la rabia y el encarnizamiento con que lo frotaba. Cuando su doncella le dio la bata de tela turca para enjugarse, Asís continuó con sus fricciones mitad morales, mitad higiénicas, hasta que ya rendida se dejó envolver en la ropa limpia, suspirando como el que echa de sí un enorme peso de cuidados.

Llegó el coche algún tiempo después de terminada la faena, no sólo del baño, sino del tocado y vestido: Asís llevaba un traje serio, de señora que aspira a no llamar la atención. Ya tenía la Diabla la mano en el pestillo para abrir la puerta a su ama, cuando se le ocurrió preguntar:

—¿Vendrá a comer, señorita?

—No —y añadió como el que da explicaciones para que no se piense mal de él—: Estoy convidada a comer en casa de las tías de Cardeñosa.

Al sentarse en su berlinita, respiró anchamente. Ya no había que temer la aparición del pillo. ¡Bah! Ni era probable que él se acordase de ella; estos troneras, así que pueden jactarse..., si te he visto no me acuerdo. Mejor que mejor. Qué ganga, si la historia se resolviese de una manera tan sencilla... Y la voz de Asís adquirió cierta sonoridad al decir al cochero:

—Castellana... Y luego a casa de las tías...

Aquella vibración orgullosa de su acento parece que quería significar:

—Ya lo ves, Roque... No se va uno todos los días de picos pardos... De hoy más vuelvo a mi inflexible línea de conducta...

Rodó el coche al trote hasta la Castellana y allí se metió en fila. Era tal el número y la apretura de carruajes que a veces tenían que pararse todos por imposibilidad de avanzar ni retroceder. En estos momentos de forzosa quietud sucedían cosas chuscas: dos señoras que se conocían y se saludaban, pero no teniendo la intimidad suficiente para emprender conversación, permanecían con la sonrisa estereotipada, observándose con el rabillo del ojo, desmenuzándose el atavío y deseando que un leve sacudimiento del mare mágnum de carruajes pusiese fin a una situación tan pesadita. Otras veces le acontecía a Asís quedarse parada tocando con una *manuela*, en cuyo asiento trasero, dejando la bigotera libre, se apiñaban tres mozos de buen humor, horteras o empleadillos de ministerio, que le soltaban una andanada de dicharachos y majaderías: y nada: aguantarlos a quema ropa, sin saber qué era menos desairado, sonreírse o ponerse muy seria o hacerse la sorda. También era fastidioso encontrarse en contacto íntimo con el fogoso tronco de un *milord*, que sacudía la espuma del hocico dentro de la ventanilla, salpicando el haz de lilas blancas sujeto en el tarjetero, que perfumaba el interior del coche. Incidentes que distraían por un instante a la marquesa de Andrade de la dulce quietud y del bienhechor reposo producido por la frescura del aire impregnado de aroma de lilas y flor de acacia, por la animación distinguida y silenciosa del paseo, por el grato reclinatorio que hacía a su cabeza y espalda el rehenchido del coche, forrado de paño gris.

—¡Calle! Allí va Casilda Sahagún empingorotada en el

campanario de su *break*. ¿De dónde vendrá, señor? ¡Toma! Ya caigo; de la novillada que armaron los muchachos finos, Juanito Albares, Perico Gonzalvo, Paco Gironellas, Fernandín Hurtado... —En un minuto recordó Asís la organización de la fiesta taurina: se habían repartido programas impresos en raso lacre, redactados con muy buena sombra; no había nada más salado que leer, por ejemplo: —Banderilleros: Fernando Alfonso Hurtado de Mendoza (a) Pajarillas. —José María Aguilar y Austria (a) el Chaval. ¡Pues poca broma hubo en casa de Sahagún la noche que se arregló el plan de la corrida! Y Asís estaba convidada también. Se le había pasado: ¡qué lástima! La duquesa, tan sandunguera como de costumbre, hecha un cartón de Goya con su mantilla negra y su grupo de claveles; los muchachos, ufanísimos, en carretela descubierta, envueltos en sus capotes morados y carmesíes con galón de oro. Lo que es torear habrían toreado de echarles patatas; pero, ahora, nadie les ganaba a darse pisto luciendo los trajes. Revolvían el paseo de la Castellana: eran el acontecimiento de la tarde. Asís sintió un descanso mayor aún después de ver pasar la comitiva taurómaca: comprendió, guiada por el buen sentido, que a nadie, en aquel conjunto de personas siempre entretenidas por algún suceso gordo del orden político, o del orden divertido, o del orden escandaloso con platillos y timbales, se le ocurriría sospechar su aventurilla del *Santo*. A buen seguro que por un par de días nadie pensase más que en la becerrada aristocrática.

Este convencimiento de que su escapatoria no estaba llamada a trascender al público se robusteció en casa de las tías de Cardeñosa. Las Cardeñosas eran dos buenas señoritas, solteronas, de muy afable condición, rasas de pecho, tristes de mirar, sumamente anticuadas en el vestir, tímidas y dulces, no emancipadas, a pesar de sus cincuenta y pico, de la eterna infancia femenina; hablaban mucho de novenas, y comentaban detenidamente los acontecimientos culminantes, pero exteriores, ocurridos en la familia de Andrade y en las demás que componían su círculo de relaciones; para las bodas tenían aparejada una sonrisa golosa y tierna, como si paladeasen el licor que no habían probado nunca; para las enfermedades, calaveradas de chicos y fallecimientos de viejos, un melancólico arqueo de cejas, unos ademanes de resignación con los hombros y unas frases de compasión, que, por ser siempre las mismas, sonaban a indiferencia. Religiosas de verdad, nunca murmuraban de nadie ni juzgaban duramente la ajena conducta, y para ellas la vida humana no tenía más que un lado, el anverso, el que cada uno quiere presentar a las gentes. Gozaban con todo esto las Cardeñosas fama de trato distinguidísimo, y su tarjeta *hacía bien* en cualquier bandeja de porcelana de esas donde se amontona, en forma de pedazos de cartulina, la consideración social.

Para Asís, la insulsa comida de las tías de Cardeñosa y la anodina velada que la siguió fueron al principio un bálsamo. Se le disiparon las últimas vibraciones de la jaqueca y las postreras angustias del estómago, y el espíritu se le aquietó, viendo que aquellas señoras respetadísimas y excelentes la trataban con el acostumbrado afecto y comprendiendo que ni por las mientes se les pasaba imaginar de ella nada censurable.

El cuerpo y el alma se le sosegaban a la par, y, gracias a tan saludable reacción, *aquello* se le figuraba una especie de pesadilla, un cuento fantástico...

Pero obtenido este estado de calma tan necesario a sus nervios, empezó la dama a notar, hacia eso de las diez, que se aburría ferozmente, por todo lo alto, y que le entraban ya unas ganas de dormir, ya unos impulsos de tomar el aire, que se revelaban en prolongados bostezos y en revolverse en la butaca como si estuviese tapizada de alfileres punta arriba. Tanto que las Cardeñosas lo percibieron, y con su inalterable bondad comenzaron a ofrecerle otro sillón de distinta forma, el rincón del sofá, una silla de rejilla, un taburetito para los pies, un cojín para la espalda.

—No os incomodéis... Mil gracias... Pero si estoy perfectamente.

Y, no atreviéndose a mirar el suyo, echaba un ojo al reloj de sobremesa, un Apolo de bronce dorado, de cuya clásica desnudez ni se habían enterado siquiera las Cardeñosas, en cuarenta años que llevaba el dios de estarse sobre la consola del salón en postura académica, con la lira muy empuñada. El reloj... por supuesto se había parado desde el primer día, como todos los de su especie. Asís quería disimular, pero se le abría la boca y se le llenaban de lágrimas los ojos; abanicándose estrepitosamente, contestando por máquina a las interrogaciones de las tías acerca de la salud de su niña y los proyectos de veraneo, inminentes ya. Las horas corrían, sin embargo, derramando en el espíritu de Asís el opio del fastidio... Cada rodar de coches por la retirada calle en que habitaban las Cardeñosas le producía una sacudida eléctrica. Al fin hubo uno que paró delante de la casa misma... ¡Bendito sea Dios! Por encanto recobró la dama su alegría y amabilidad de costumbre, y cuando la criada vino a decir: «Está el coche de la señora marquesa», tuvo el heroísmo de responder con indiferencia fingida:

—Gracias, que se aguarde.

A los dos minutos, alegando que había madrugado un poco, arrimaba las mejillas al pálido pergamino de las de sus tías, daba un glacial beso al aire y bajaba la escalera repitiendo:

—Sí..., cualquier día de estos... ¡Qué! Si he pasado un rato buenísimo... ¿Mañana sin falta... eh?, las papeletas de los Asilos. Mil cosas al padre Urdax.

Al tirar de la campanilla en su casa, tuvo una corazonada rarísima. Las hay, las hay, y el que lo niegue es un miope del corazón, que rehúsa a los demás la acuidad del sentido porque a él le falta. Asís, mientras sonaba el campanillazo, sintió un hormigueo y un temblor en el pulso, como si semejante tirón fuese algún acto muy importante y decisivo en su existencia. Y no experimentó ninguna sorpresa, aunque sí una violenta emoción que por poco la hace caerse redonda al suelo, cuando, en vez de la Diabla o del criado, vio que le abría la puerta aquel pillo, aquel grandiosísimo truhán.

XI

Lo bueno fue que la dama, lejos de sorprenderse, saludó a Pacheco como si el encontrarle allí a tales horas le pareciese la cosa más natural del mundo, y, recíprocamente, Pacheco empleó también con ella todas las fórmulas de cortesía acostumbradas cuando un caballero se encuentra a una señora de cumplido, respetable, ya que no por sus años, por su carácter y condición. Se hizo atrás para dejarla pasar, y al seguirla al saloncito de confianza, donde ardía sobre la mesa de tijera la gran lámpara con pantalla rosa velada de encaje, se quedó próximo a la puerta y en pie, como el que espera una orden de despedida.

—Siéntese usted, Pacheco... —tartamudeó la señora, bastante aturrullada aún.

El gaditano no se sentó, pero adelantó despacio, como receloso; parecía, por su continente, algún hombre poco avezado a sociedad: pero este aspecto, que Asís atribuyó a hipocresía refinada, contrastaba de un modo encantador con la soltura de su cuerpo y modales, la elegancia no estudiada de su vestir, la finura de su chaleco blanquísimo, su tipo de persona principal. Viéndole tan contrito, Asís se rehízo y cobró ánimos. «Gran ocasión de leerle la cartilla al señorito este: ¿conque muy manso y fingiéndose arrepentido, eh? Ahora lo verás...»

Porque la dama, en su inexperiencia, se había figurado que su compañero de romería iba a entrar hecho un sargento, y a las primeras de cambio le iba a soltar un abrazo furibundo o cualquier gansada semejante... Pero ya que gracias a Dios se manifestaba tan comedido, bien podía la señora acusarle las cuarenta. Y Asís abrió la boca y exclamó:

—Conque usted aquí... Yo quisiera... yo...

El gaditano se acercó todavía más, hasta ponerse al lado de la dama, que seguía en pie junto a la mesa. La miró fijamente y luego pronunció como el que dice la cosa más patética del mundo:

—A mí va usted a regañarme too lo que guste... A los criados ni chispa... La culpa es mía toa. Un cuarto de hora de conversasión con la chica me ha costao el entrar. Hasta requiebros le he soltao. Y na, ni por esas. Al fin le dije... que vamos, que ya sabía usted que yo vendría y que para recibirme a mí se quería usted negar a los demás. Ríñame usted, que lo meresco too.

Estas enormidades las murmuró con tono lánguido y quejumbroso, con los ojos mortecinos y un aire de melancolía que daba compasión. Asís se quedó de una pieza, así al pronto; que después se le deshizo el nudo de la garganta y las palabras le salieron a borbotones. Ea..., ahí va... Ahora sí que me desato...

—Sí señor, que merece usted... Pues hombre... me pone usted en berlina con mis criados... ¡Por eso se escondieron cuando yo entraba... y le dejan a usted que abra la puerta! ¡Gandules de profesión! A la Angelita yo le diré cuántas son cinco... Y lo que es a Perfecto... Alguno podrá ser que no duerma en casa esta noche... Los enemigos domésticos... Aguarde usted, aguarde usted... Estas jugadas no me las hacen ellos a mí... ¡Habrase visto! ¡Para esto los trata uno del modo que los trata! ¡Para que le vendan a las primeras de cambio!

Comprendía la misma señora que se ponía algo ordinaria chillando y manoteando así, y, lo peor de todo, que era predicar en desierto, pues ni siquiera podían oírla desde la cocina; además, Pacheco, en vez de asustarse con tan caliente reprimenda, pareció que recobraba los espíritus, se llegó más y, bajando la cabeza, acarició las sienes de la enojada. Esta se echó atrás, no tan pronto que ya no la sujetase blandamente por la cintura un brazo del gaditano y que este no balbuciese a su oído:

—¿A qué te enfadas con los criados, chiquilla? ¿No te he dicho que no tienen culpa? Mira, esa chica que te sirve vale un Perú. Te quiere bien. Le daba dinero y no lo admitió ni hecha peazos. Dijo que con tal que tú no la riñeses... Ahora si gritas se armará un escándalo... Pero me iré cuanto tú lo mandes. Que sí me iré, mujer...

Al anunciar que se iba, se sentó en el sofá-diván, obligando a la señora a sentarse también. Esta notaba una turbación que ya no se parecía a la pseudocólera de antes, y, por lo bajo, murmuraba:

—Pues váyase usted... Hágame el favor de irse. Por Dios...

—¿Ni un minuto hay para mí? Estoy enfermo... ¡Si vieses! En toda la noche no he dormido, no he pegado los ojos.

Asís iba a preguntar: «¿por qué?», pero calló, pareciéndole inconveniente y necia la pregunta.

—Necesitaba saber de ti... Si estabas ya buena, si habías descansado... Si me querías mal, o si me mirabas con alguna indulgencia. ¿Dura el mal humor? ¿Y esa cabecita? ¿A ver?

Se la recostó sobre el hombro, sujetándola con la palma de la mano derecha. Asís, esforzándose en romper el lazo, notaba disminuidas sus fuerzas por dos sentimientos: el primero, que viendo tan sumiso y moderado al gran pillo le habían entrado unas miajas de lástima; el segundo..., el sentimiento eterno, la maldita curiosidad, la que perdió en el Paraíso a la primera mujer, la que pierde a todas, y tal vez no sólo a ellas sino al género humano... ¿A ver? ¿Cómo sería? ¿Qué diría Pacheco ahora?

Pacheco, en un rato, no dijo nada; ni chistó. Su palma fina, sus dedos enjutos y nerviosos oprimían suavemente la cabeza y sienes de Asís, lo mismo que si a esta le durase aún el mareo de la víspera y necesitase la medicina de tan sencillo halago. En la sala parecía que la varita de algún mágico invisible derramaba silencio apacible y amoroso, y la luz de la lámpara, al través de su celosía de encaje, alumbraba con poética suavidad el recinto. La sala estaba amueblada con esas pretensiones artísticas que hoy ostenta todo bicho viviente, sepa o no sepa lo que es arte, y con ese aspecto de prendería que resulta de aglomerar el mayor número posible de cosas inconexas. Sitiales, butacas bajas y coquetonas, mesillas forradas de felpa imitando un corazón o una hoja de trébol, columnas que sostienen quinqués, divancitos cambiados donde la gente puede gozar del placer de darse la espalda y coger un tortícolis, alguna drácena en jardineras de cinc, un perro de porcelana haciendo centinela junto a la chimenea, y dos hermosos vargueños patrimoniales restaurados y dorados de nuevo... Todo revuelto, colocado de la manera que más dificultase el paso a la gente, haciendo un archipiélago donde no se podía navegar sin práctico. ¿Y las paredes? Si el suelo estaba intransitable, en las paredes no quedaba sitio libre para un clavo, pues el buen marqués de Andrade, incapaz de distinguir un Ticiano de un Ribera, la había dado algún tiempo de protector de jóvenes artistas, llenando la casa de acuarelas con chulas, matones del Renacimiento o damas Luis XV; de *manchas*, apuntes y bocetos hechos a punta de cuchillo, o a yema de dedo, tan *libres* y tan *francos* que ni el mismo demonio adivinaría lo que representaban; de tablitas lamidas y microscópicas, encerradas en marcos cinco veces mayores; de fotografías con retumbantes dedicatorias; migajas de arte, en suma, que al menos cubren la vulgaridad del empapelado y distraen gratamente la vista. Y en hora semejante, en medio de la amable paz que flotaba en la atmósfera y con la luz discreta transparentada por el encaje, los cachivaches se armonizaban, se fundían en una dulce intimidad, en una complicidad silenciosa; la misiva horrible carátula japonesa colgada encima de un vargueño y de uno de cuyos ojos se descolgaba una procesión de monitor de felpa tenía un gesto menos infernal; el pañolón de Manila que cubría el piano abría alegremente todas sus flores; las begonias, próximas a la entreabierta ventana, se estremecían como si las acariciase el vientecillo nocturno... Sólo el bull-dog de porcelana, sentado como una esfinge, miraba con alarmante persistencia al grupo del sofá, guardando una actitud digna y enérgica, como si fuese celoso guardián puesto allí por el espíritu del respetable marqués difunto... Casi parecería natural que abriese las fauces, soltase un ladrido de alarma y se abalanzase dispuesto a morder...

Pacheco decía bajito, con el ceceo mimoso y triste de su pronunciación:

—¿Te sospechabas tú lo de ayer, chiquilla? ¿A que sí? Mira,

no me digas no, que las mujeres estáis siempre de vuelta en esas cosas... ¡A ver si se calla usted y no me replica! Tú veías muy bien, picarona, que yo estaba muerto, lo que se dice muerto... Sólo que creíste poder dejarme en blanco... Pero sospechar... ¡Quiá! ¡Si lo calaste desde el mismo momento que tiré el puro en los jardines! Y tú te gosabas en verme a mí sufrir, ¿no es eso? ¡Somos más malos! Toma en castigo... ¡Y qué bonita estabas, gitana salá! ¿Te ha dicho a ti algún hombre bonita? ¿No? ¡Pues ahora te lo digo yo, vamos!, y valgo más que toos... Oye, en el coche te hubiese yo requebrado seis dosenas de veses..., te hubiese llamao mona, serrana, matadora de hombres... Sólo que no me atrevía, ¿sabes tú? Que si me atrevo, te suelto toas las flores de la primavera en un ramiyetico.

Aquí Asís, sin saber por qué, recobró el uso de la palabra, y fue para gritar:

—Sí..., como a la chica del merendero..., y a mi criada..., y a todas cuantas se ofrece... Lo que es por palabrería no queda.

La interrumpió un enérgico tapabocas.

—No compares, chiquiya, no compares... Tonterías que se disen por pasá el rato, pa que se encandilen las mujeres... Contigo..., ¡Virgen Santa!, tengo yo una ilusión..., ¡una ilusionasa de volverme loco! Has de saber que yo mismo estoy pasmao de lo que me sucede. Nunca me quedé triste después de una cosa así sino contigo. Hasta me falta resolución pa hablarte. Estoy así... medio orgulloso y medio pesaroso. Más quisiera que nos hubiésemos vuelto ayer antes de almorsá. ¿No lo crees? ¿Ah, no lo crees? Por estas...

Y el meridional puso los dedos en cruz y los besó con ademán popular. Asís se echó a reír mal de su grado. Ya no había posibilidad de enfadarse: la risa desarma al más furioso. Y ahora, ¿qué hacer?, pensaba la dama, llamando en su auxilio toda su presencia de ánimo, toda su habilidad femenil. Nada, muy sencillo... No negarle la cita que pedía para el día siguiente por la tarde; porque, si se le negaba, era capaz de hacer cualquier desatino. No, no..., contemporizar..., otorgar la cita, y a la hora señalada..., ¡busca!, estar en cualquier sitio menos donde Pacheco esperase... Y ahora, procurar *por bien* que se largase cuanto más pronto... ¡Qué diría el servicio! ¡En esa cocina estaría la Diabla haciendo unos calendarios!

XII

Doloroso es tener que reconocer y consignar ciertas cosas; sin embargo, la sinceridad obliga a no eliminarlas de la narración. Queda, eso sí, el recurso de presentarlas de forma indirecta, procurando con maña que no lastimen tanto como si apareciesen de frente, insolentonas y descaradas, metiéndose por los ojos. Así la implícita desaprobación del novelista se disfraza de habilidad.

Tocante a la cita que la marquesa viuda de Andrade pensaba conceder en falso, con resolución firmísima de hacer la del humo, la novela puede guardar un discreto mutismo; y no faltará a su elevada misión, con tal que refiera lo que ocurría a la puerta de la dama: indicación sobria y a la vez sumamente expresiva.

La berlina de la señora, enganchada desde las cinco, esperaba allí. El cochero, inmóvil, bien afianzado en su cuña, había permanecido algún tiempo en la actitud reglamentaria, enarbolada la fusta, recogidas las riendas, ladeado graciosamente el sombrero y muy juntas las punteras de las botas; pero, transcurrido un cuarto de hora, el recalmón de la tardecita y el aburrimiento de la espera le derramaron en los párpados grato beleño y fue dejando caer la cabeza sobre el pecho, aflojando las manos, exhalando una especie de silbido y a veces un ronquido súbito, que le asustaba a él mismo despertándole... También el caballo, durante los primeros momentos de quietud, se mantuvo engallado, airoso, dispuesto a beberse la distancia; pero, al convencerse de que teníamos plantón, desplomó el cuerpo sobre las patas, sacudió el freno regándolo con espuma, entornó los ojos y se dispuso a la siesta. Hasta la misma berlina pareció afianzarse en las ruedas con ánimo de descansar.

Y fue poniéndose el sol, subiendo de piso en piso a despedirse de los cristales, refugiándose en la copa de las acacias de Recoletos cuando ya las envolvía la azul y vaporosa bruma del anochecer; y el calor disminuyó un tantico, y el farolero corrió encendiendo hilos de luz a lo largo de las calles... Berlina, caballo y cochero dormían, resignados con su suerte, sin que se les ocurriese que para semejante viaje no se necesitaban alforjas y que mejor se encontrarían la una metida en su funda, el otro despachando su ración de pienso, el último en su taberna favorita o viendo la novillada de aquella tarde...

Cerca de las siete serían cuando salió de la casa un hombre. Era apuesto y andaba aprisa, recatándose de la portera. Atravesó la calle y en la acera de enfrente se detuvo, mirando hacia las ventanas del cuarto de Asís. Ni rastro de persona asomada en ellas. El hombre siguió su camino hacia Recoletos.

XIII

Solía el comandante Pardo ir alguna que otra noche a casa de su paisana y amiga la marquesa de Andrade. Charlaban de mil cosas, disputando, acalorándose, y, en suma, pasando la velada solos, contentos y entretenidos. De galanteo propiamente dicho, ni sombra, aun cuando la gente murmuraba (de la tertulia de la Sahagún saldría el chisme) que don Gabriel hacía tiro al decente caudal y a la agradable persona de Asís; si bien otros opinaban, con trazas y tono de mejor informados, que ni a Pardo le importaba el dinero, por ser desinteresadísimo, ni las mujeres, por hallarse mal curada todavía la herida de un gran desengaño amoroso que en Galicia sufriera: una historia romántica y algo obscura con una sobrina, que por huir de él se había metido monja en un convento de Santiago.

Ello es que Pardo resolvió consagrar a la dama la noche del día en que la berlina echó la siesta famosa. Serían las nueve cuando llamó a la puerta. Generalmente, los criados le hacían entrar con un apresuramiento que delataba el gusto de la señora en recibir semejantes visitas. Pero aquella noche, así Perfecto (el mozo de comedor, a quien Asís llamaba *Imperfecto* por sus *gedeonadas*) como la Diabla, se miraron y respondieron a la pregunta usual del comandante, titubeando e indecisos.

—¿Qué pasa? ¿Ha salido la señorita? Los martes no acostumbra.

—Salir..., como salir... —balbució Imperfecto.

—No, salir no —acudió la Diabla, viéndole en apuro—. Pero está un poco...

—Un poco *dilicada* —declaró el criado con tono diplomático.

—¿Cómo delicada? —exclamó el comandante alzando la voz—. ¿Desde cuándo se encuentra enferma? ¿Y qué tiene? ¿Guarda cama?

—No señor, guardar cama no... Unas *miagas* de jaqueca...

—¡Ah!, bien: díganle ustedes que volveré mañana a saber... y que le deseo alivio. ¿Eh? ¡No se olviden!

Acabar de decir esto el comandante y aparecer en la antesala Asís en bata y arrastrando chinelas finas fue todo uno.

—Pero que siempre han de entender al revés cuanto se les manda... Estoy, Pardo, estoy visible... Entre usted... Qué tienen que ver las órdenes que se dan así, en general, para la gente de cumplido... Haga usted el favor de pasar aquí...

Gabriel entró. La sala estaba tan simpática, tan tentadora, tan fresca como la víspera; la pantalla de encaje filtraba la misma luz rosada y ensoñadora; en un talavera *de botica* se marchitaba un ramo de lilas y rosas blancas. Tropezó el pie del comandante, al ir a sentarse en su butaca de costumbre, con un objeto medio oculto en las arrugas del tapiz turco arrojado ante el diván. Se bajó y recogió del suelo el estorbo, maquinalmente. Asís extendió la mano y, a pesar de lo muy distraído y sonámbulo que era Gabriel, no pudo menos de observar la agitación de la dama al recobrar la prenda, que era uno de esos tarjeteros sin cierre, de cuero inglés, con dos iniciales de plata enlazadas, prenda evidentemente masculina. Por un instinto de discreción y respeto, Gabriel se hizo el tonto y entregó su hallazgo sin intentar ver la cifra.

—Pues me habían dado un susto ese Imperfecto y esa Diabla... —murmuró, tratando de disimular mejor la sorpresa—. Están en Belén... ¿Se había usted negado, sí o no?

—Le diré a usted... Di una orden... Claro que con usted no rezaba; bien ha visto usted que le llamé... —alegó la señora con acento contrito, cual si se disculpase de alguna falta gorda, y muy inmutada, aunque esforzándose también en no descubrirlo.

—¿Y qué es ello? ¿Jaqueca?

—Sí..., bastante incómoda. (Asís se llevó la mano a la sien.)

—Entonces le voy a dar a usted la noche si me quedo. La dejaré a usted descansar... En durmiendo se pasa.

—No, no, qué disparate... No se va usted. Al contrario...

—¿Cómo que *al contrario*? Ruego que se expliquen esas palabras —exclamó el comandante, aprovechando la ocasión de bromear para que se le quitase a Asís el sobresalto.

—Se explicarán... Significan que va usted a acompañarme por ahí fuera un ratito... A dar una vuelta a pie. Me conviene esparcirme, tomar el aire...

—Iremos a un teatrillo... ¿Quiere usted? Dicen que es muy gracioso *El Padrón Municipal*, en Lara.

—Teatrillo..., ¿calor, luces, gente? Usted pretende asesinarme. No: si lo que me pide el cuerpo es ejercicio. Así, conforme estoy, sin vestirme... Me planto un abrigo y un velo... Me calzo... y jala.

—A sus órdenes.

Cuando salieron a la calle, Asís suspiró, aliviada, y con el impulso de su andar señaló la dirección del paseo.

El barrio de Salamanca, a trechos, causa la ilusión gratísima de estar en el campo: masas de árboles, ambiente oxigenado y oloroso, espacio libre, y una bóveda de firmamento que parece más elevada que en el resto de Madrid.

La noche era espléndida, y, al levantar Asís la cabeza para contemplar el centelleo de los astros, se le ocurrió, por decir alguna cosa, compararlos a las joyas que solía admirar en los bailes.

—Aquellas cuatro estrellitas seguidas parecen el imperdible de la marquesa de Riachuelo... cuatro brillantazos que le dejan a uno bizco. Esa constelación... ¡allí, hombre, allí!, hace el mismo efecto que la joya que le trajo de París su marido a la Torres-Nobles... Hasta tiene en medio una estrellita amarillenta, que será el brillante brasileño del centro. Aquel lucero tan bonito, que está solo...

—Es Venus... Tiene algo de emblemático eso de que Venus sea tan guapa.

—Usted siempre confundiendo lo humano y lo divino...

—No, si la mezcolanza fue usted quien la armó comparando los astros a las joyas de sus amiguitas. ¡Qué hermoso es el cielo de Madrid! —añadió después de breve silencio—. En esto tenemos que rendir el pabellón, paisana. Nuestro suelo es más fresco, más bonito: pero la limpieza de esta atmósfera... Allá hay que mirar hacia abajo, aquí, hacia arriba.

Callaron un ratito.

En aquel dosel azul sembrado de flores de pedrería, Asís y el comandante veían la misma cosa, un tarjetero de piel inglesa; y, como por magnética virtud, sentían al través de sus brazos, que se tocaban, el mutuo pensamiento.

Hallábanse al final del Prado, enteramente desierto a tales horas, con sus sillas recogidas y vueltas. Se escuchaba el murmurio monótono de la Cibeles, y allá en el fondo del jardincillo, tras las irregulares masas de las coníferas, destacaba el Museo su elegante silueta de palacio italiano. No pasaba un alma, y la plazuela de las Cortes, a la luz de sus faroles de gas, parecía tan solitaria como el Prado mismo.

—¿Subimos hacia la Carrera? —interrogó Pardo.

—No, paisano... ¡Ay, Jesús! A los dos pasos nos encontrábamos algún conocido, y mañana..., chi, chi, chi..., cuentecito en casa de Sahagún o donde se les antojase. Bajemos hacia Atocha.

—Y usted ¿por qué da a eso tanta importancia? ¿Qué tiene de particular que salga usted a tomar el fresco en compañía de un amigo formal? Cuidado que son majaderas las fórmulas sociales. Yo puedo ir a su casa de usted y estarme allí las horas muertas sin que nadie se entere ni se ocupe, y luego, si salimos reunidos a la calle media hora... cataplum.

—Qué manía tiene usted de ir contra la corriente... Nosotros no vamos a volver el mundo patas arriba. Dejarlo que ruede. Todo tiene sus porqués, y en algo se fundan esas precauciones o fórmulas, como usted les llama. ¡Ay! ¡Qué fresquito tan hermoso corre!

—¿Está usted mejor?

—Un poco. Me da la vida este aire.

—¿Quiere usted sentarse un rato? El sitio convida.

Sí que convidaba el sitio, a la vez acompañado y solo: unos anchos asientos de piedra que hay delante del Museo, a la entrada de la calle de Trajineros, la cual, si por su gran proximidad a la plazuela de las Cortes resulta céntrica y decorosa, a semejante hora compite en lo desierta con el despoblado más formidable de Castilla. Las acacias prodigaban su rica esencia y, si el comandante tuviese propósito de declarar a la señora algún atrevido pensamiento, nunca mejor. No sería así, porque después de tomar asiento se quedaron mudos ella y él; Asís, además de muda, estaba cabizbaja y absorta.

No es posible que esta clase de pausas se establezcan en una entrevista a solas de hombre y mujer, en tales sitios y horas, sin producirles a los dos un estado de ánimo singular, a la vez atractivo y embarazoso. El comandante limpió sus quevedos, operación que verificaba muy a menudo, volvió a calárselos y salió por la puerta o por la ventana, juzgando que la señora desearía explayarse.

—A mí no me la pega usted con jaquecas, Paquita... usted tiene algo... alguna cosa que la preocupa en gordo... No se me alarme usted: ya sabe que somos amigos viejos.

—Pero si no tengo nada... ¡Qué ocurrencia!

—Mejor, señora, mejor, celebro que sea así —dijo don Gabriel retrocediendo discretamente—. Yo, en cambio, le podría confiar a usted penas muy grandes..., cosas raras.

—¿Lo de la sobrina? —preguntó Asís con curiosidad, pues ya dos o tres veces en conversación familiar habían aludido de rechazo a ese misterio de la vida de don Gabriel.

—Sí: al menos la parte mía..., lo que me toca..., eso puedo contárselo a usted. Sabe Dios cómo lo glosa la gente. (Pardo se alzó el sombrero porque tenía las sienes húmedas de sudor.) Creo que se dice que la pobrecilla me detestaba y que por librarse de mí entró en un convento de novicia... Falso. No me detestaba, y es más: me hubiera querido con toda su alma a la vuelta de poco tiempo... Sólo que ella misma no acertó a descifrarlo. Cuando me conoció, estaba comprometida con otro hombre... cuya clase... no... En fin, que no podía aspirar a ser su marido. Y, al convencerse de esto, la infeliz muchacha pensó que se acababa el mundo para ella y que no tenía más refugio que el convento. ¡Ay, Paquita! ¡Si supiese usted qué ratos... qué tragedia! Es asombroso que después de ciertos acontecimientos pueda uno volver a vivir como antes..., y vaya a tertulias y se chancee, y mire otra vez a las mujeres, y le agraden, sí..., como me agrada usted, por ejemplo..., y no lo eche usted a mala parte, que no soy pretendiente importuno, sino amigo de verdad. Ya sabe usted cómo digo yo las cosas.

Oía la dama la voz del artillero y al par otra interior que zumbaba confusamente:

—Confíale algo..., al menos indícale tu situación... Ideas estrafalarias las tiene, y a veces es poco práctico, pero es leal... No corres peligro, no... Así te desahogarás... Tal vez te aconseje bien. Anda, boba... ¿No hace él confianza en ti? Además... no creas que callando le engañas... ¡Quítale ya la escama del tarjetero!

A pesar de las excitaciones de la voz indiscreta, la señora, en alto, decía tan sólo:

—¿Conque la chica le quería a usted algo? ¿Sin saberlo? ¡Eso es muy particular! ¿Y cómo lo explica usted?

—¡Ay, Paquita! He renunciado a explicar cosa alguna... No hay explicación que valga para los fenómenos del corazón. Cuanto más se quieren entender, más se obscurecen. Hay en nosotros anomalías tan raras, contradicciones tan absurdas... Y a la vez cierta lógica fatal. En esto de la simpatía sexual, o del amor, o como usted guste llamarle, es en lo que se ven mayores extravagancias. Luego, a los caprichos y las desviaciones y los brincos de esta víscera que tenemos aquí, sume usted la maraña de ideas con que la sociedad complica los problemitas psicológicos. La sociedad...

—Contigo tengo la tema, morena... —interrumpió Asís festivamente—. Usted le echa a la sociedad todas las culpas. Ahí que no duele. Ya no sé cómo tiene espaldas la infeliz.

—Pues, figúrese usted, paisana. Como que de mi tragedia únicamente es responsable la sociedad. Por atribuir exagerada importancia a lo que tiene mucha menos ante las leyes naturales. Por hacer lo principal de lo accesorio. En fin, punto en boca. No quiero escandalizarla a usted.

—Paisano... Pero si me da mucha curiosidad eso que iba usted diciendo... No me deje a media miel... Todas las cosas pueden decirse, según como se digan. No me escandalizaré, vamos.

—Bien, siendo así... Pero ya no sé en qué estábamos... ¿Usted se acuerda?

—Decía usted que lo principal y lo accesorio... Eso será alguna herejía tremenda, cuando no quiso usted pasar de ahí.

—Sí, señora... Verá usted, la herejía... Yo llamo accesorio a lo que en estas cuestiones suele llamarse principal... ¿Se hace usted cargo?

Asís no respondió, porque pasaba un mozalbete silbando un aire de zarzuela y mirando de reojo y con malicia al sospechoso grupo. Cuando se perdió de vista, pronunció la dama:

—¿Y si me equivoco?

—¿No se asusta usted si lo expreso claramente?

La verdad, desde cierta distancia aquello parecía un diálogo amoroso. Acaso la valla que existía para que ni pudiese serlo ni llegase a serlo jamás era un delgado y breve trozo de piel inglesa, la cubierta de un tarjetero.

—No, no me asusto... Vamos a hablar como dos amigos... francamente.

—¿Quedamos en eso? ¡Magnífico! Pues conste que ya no tiene usted derecho para reñirme si se me va la lengua... Procuraré, sin embargo... En fin, entiendo por accesorio... aquello que ustedes juzgan irreparable. ¿Lo pongo más claro aún?

—No, ¡basta! —gritó la señora—. Pero entonces ¿qué es lo principal según usted?

—Una cosa que abunda menos..., en cambio, vale más... La realidad de un cariño muy grande entre dos... ¿Qué le parece a usted?

—¡Caramba! —exclamó la señora, meditabunda.

—Le voy a proponer a usted una demostración de mi teoría... Ejemplo; como dicen los predicadores. Imagínese que en vez de estar en el Prado, estamos en Tierra de Campos, a dos leguas de un poblachón; que yo soy un bárbaro; que me prevalgo de la ocasión, y abuso de la fuerza, y le falto a usted al respeto debido... ¿Hay entre nosotros, dos minutos después, algún vínculo que no existía dos minutos antes? No señora. Lo mismo que si ahora se trompica usted con una esquina..., se hace daño..., procura apartarse y andar con más cuidado otra vez... y acabose.

—Pintado el lance así..., lo que habría que usted me parecería atroz de antipático y de bruto.

—Eso sí... pero vamos a perfeccionar el ejemplo, y pido a usted perdón de antemano por una conversación tan *shocking*. Pues no señora: suponga usted que yo no abuso de la fuerza ni ese es el camino. Lo que hago es explotar con maña la situación y despertar en usted ese germen que existe en todo ser humano... Nada de violencia: si acaso, en el terreno puramente moral... Yo soy hábil y provoco en usted un momento de flaqueza...

Fortuna que era de noche y estaba lejos el farol, que, si no, el sofoco y el azoramiento de la dama se le meterían por los ojos al comandante. —Lo sabe, lo sabe—, calculaba para sí, toda trémula, y en voz alterada y suplicante exclamó interrumpiendo:

—¡Qué horror! ¡Don Gabriel!

—¿Qué horror? ¡Mire usted lo que va de ustedes a nosotros! Ese horror, Paquita del alma, no les parece horrible a los caballeros que usted trata y estima: al marqués de Huelva con su severidad de principios y su encomienda de Calatrava que no se quita ni para bañarse..., al papá de usted tan amable y francote..., yo..., el otro..., toditos. Es valor entendido y a nadie le extraña ni le importa un bledo. Tratándose de ustedes es cuando por lo más insignificante se arma una batahola de mil diablos, que no parece sino que arde por los cuatro costados Madrid. La infeliz de ustedes que resbala, si olfateamos el resbalón, nos arrojamos a ella como sabuesos, y o puede casarse con el *seductor*, o la matriculamos en el gremio de las mujeres galantes hasta la hora de la muerte. Ya puede después de su falta llevar vida más ejemplar que la de una monja: la hemos fallado..., no nos la pega más. O bodas, o es usted una corrida, una perdida de profesión... ¡Bonita lógica! Usted, niña inocente, que cae víctima de la poca edad, la inexperiencia y la tiranía de los afectos y las inclinaciones naturales, púdrase en un convento, que ya no tiene usted más camino... Amiga Asís... ¡Tonterías!

Mientras hablaba el comandante, su fantasía, en vez de los plátanos del jardincillo, le representaba otras masas sombrías de follaje, robles y castaños; y el olor fragante de las flores de acacia le parecía el de las silvestres mentas que crecen al borde de los linderos en el valle de Ulloa. La dama que tenía a su lado, por otro fenómeno de óptica interior, veía el rebullicio de una feria, una casita al borde del Manzanares, un cuartuco estrecho, un camastro, una taza de té volcada...

—Tonterías —prosiguió don Gabriel sin fijarse en la gran emoción de Asís—, pero que se pagan caras a veces... Sucede que se nos imponen, y que, por obedecerlas, una mujer de instintos nobles se juzga manchada, vilipendiada, infamada por toda su vida a consecuencia de un minuto de extravío, y, de no poder casarse con aquel a quien se cree ligada para siempre jamás, se anula, se entierra, se despide de la felicidad por los siglos de los siglos amén... Es monja sin vocación, o es esposa sin cariño... Ahí tiene usted donde paran ciertas cosas.

Al murmurar con amargura estas palabras, el comandante, en lugar de la silueta gentil del Museo, veía las verdosas tapias del convento santiagués, las negras rejas de trágicos recuerdos, y tras de aquellas rejas comidas de orín una cara pálida, con obscuros ojos, muy semejante a la de cierta hermana suya que había sido el cariño más profundo de su vida.

XIV

—Vaya, Pardo... Es usted terrible. ¿Me quiere usted igualar la moral de los hombres con la de las mujeres?

—Paquita..., dejémonos de *clichés.* —(Pardo usaba muy a menudo esta palabrilla para condenar las frases o ideas vulgares)—. Tanto jabón llevan ustedes en las suelas del calzado como nosotros. Es una hipocresía detestable eso de acusarlas e infamarlas a ustedes con tal rigor por lo que en nosotros nada significa.

—¿Y la conciencia, señor mío? ¿Y Dios?

La dama argüía con cierta afectada solemnidad y severidad, bajo la cual velaba una satisfacción inmensa. Iban pareciéndole muy bonitos y sensatos los detestables sofismas del comandante, que así pervierte la pasión el entendimiento.

—¡La conciencia! ¡Dios! —exclamó él remedando el tono enfático de la señora—. Otro registro. Bueno: toquémoslo también. ¿Se trata de pecadores creyentes? ¿Católicos, apostólicos, romanos?

—Por supuesto. ¿Ha de ser todo el mundo hereje como usted?

—Pues si tratamos de creyentes, la cuestión de conciencia es independiente de la de sexo. Aunque me llama usted hereje, todavía no he olvidado la doctrina; puedo decirle a usted de corrido los diez mandamientos... y se me figura que rezan igual con ustedes que con nosotros. Y también sé que el confesor las absuelve y perdona a ustedes igualito que a nosotros. Lo que pide a la penitente el ministro de Dios es arrepentimiento, propósito de enmienda. El mundo, más severo que Dios, pide la perfección absoluta, y si no... O todo o nada.

—No, no; mire usted que también el confesor nos aprieta más las clavijas. Para ustedes la manga se ensancha un poquito... —repuso Asís, saboreando el deleite de aducir malas razones para saborear el gusto de verlas refutadas.

—Hija, si eso hacen, es por prudencia, para que no desertemos del confesionario si nos da por frecuentarlo... En el fondo ningún confesor le dirá a usted que hay un pecado más para las hembras. Es decir que la cosa queda reducida a las consecuencias positivas y exteriores..., al criterio social. En salvando este, en no sabiéndose nada, el asunto no tiene más trascendencia en ustedes que en nosotros... Y en nosotros... ¡ayúdeme usted a sentir! (Al argüir así, el comandante castañeteaba los dedos.) Ahora, si usted me ataca por otro lado...

—Yo... —balbució la señora, sin pizca de ganas de atacar.

—Si me sale usted con el respeto y la estimación propia..., con lo que cada cual se debe a sí mismo...

—Eso..., lo que cada cual se debe a sí mismo —articuló Asís hecha una amapola.

—Convendré en que eso siempre realza a una mujer; pero, en gran parte, depende del criterio social. La mujer se cree infamada después de una de esas caídas ante su propia conciencia, porque le han hecho concebir desde niña que lo más malo, lo más infamante, lo irreparable, es eso; que es como el infierno, donde no sale el que entra. A nosotros nos enseñan lo contrario; que es vergonzoso para el hombre no tener aventuras, y que hasta queda humillado si las rehúye... De modo, que lo mismo que a nosotros nos pone muy huecos a ustedes las envilece. Preocupaciones hereditarias emocionales, como diría Spencer. Y vaya unos terminachos que le suelto a usted.

—No, si yo con su trato ya me voy haciendo una sabia. Todos los días me aporrea usted los oídos con cada palabrota...

—¿Y si yo le dijese a usted —prosiguió Pardo echándose a disertar— que eso que llamé accesorio en las aventurillas, me parece a mí que en el cariño verdadero, cuando están unidas así, así, como si las pegasen con argamasa, las voluntades, llega a ser más accesorio aún? Es el complemento de otra cosa mucho más grande, que dura siempre, y que comprende eso y todo lo demás... Lo estoy embrollando, paisana. Usted se ríe de mí: a callar.

Asís oía, oía con toda su alma, pareciéndole que nunca había tenido su paisano momentos tan felices como aquella noche, ni hablado tan discreta y profundamente. Los dichos del comandante, que al pronto lastimaban sus convicciones adquiridas, entraban, sin embargo, como bien disparadas saetas hasta el fondo de su entendimiento y encendían en él una especie de hoguera incendiaria, a cuya destructora luz veía tambalearse infinitas cosas de las que había creído más sólidas y firmes hasta entonces. Era como si le arrancasen del espíritu una muela dañada: dolor y susto al sentir el frío del instrumento y el tirón; pero después un alivio, una sensación tan grata viéndose libre de aquel cuerpo muerto... Anestesia de la conciencia con cloroformo de malas doctrinas podría llamarse aquella operación quirúrgico-moral.

—Es un extravagante este hombre —pensaba la operada—. Decir me está diciendo cosas estupendas... Pero se me figura que le sobra la razón por encima de los pelos. Habla por su boca la justicia. ¿Va una a creerse criminal por unos instantes de error? Siempre estoy a tiempo de pararme y no reincidir... ¡Claro que si por sistema...! Ni él tampoco dice eso, no... Su teoría es que ciertas cosas que suceden así..., qué sé yo cómo, sin iniciativa ni premeditación por parte de uno, no han de mirarse como manchas de esas que ya nunca se limpian... El mismo padre Urdax de fijo que no es tan severo en eso como la sociedad hipocritona... ¡Ay, Dios mío...! Ya estoy como mi paisano, echándole a la sociedad la culpa de todo.

Al llegar aquí de sus reflexiones la dama, la molestó un cosquilleo, primero entre las cejas, luego en la membrana de la nariz... ¡Aaach! Estornudó con ruido, estremeciéndose.

—¡Adiós! Ya se me ha resfriado usted —exclamó su amigo—. No está usted acostumbrada a estas vagancias al sereno... Levántese usted y paseemos.

—No, si no es el rocío lo que me acatarra a mí... He tomado sol.

—¿Sol? ¿Cuándo?

—Ayer..., digo, anteayer..., yendo..., sí, yendo a misa a las Pascualas. No crea usted: desde entonces ando yo... regular, nada más que regularcita. Cuando jaquecas, cuando mareos...

—De todos modos... guíese usted por mí: andemos, ¿eh? Si sobre la insolación le viene a usted un pasmo... o coge usted unas intermitentes de estas de primavera en Madrid...

—No me asuste usted... Tengo poco de aprensiva —contestó la dama levantándose y envolviéndose mejor en el abrigo.

—¿A su casa de usted?

—Bien..., sí, vamos hacia allá despacio.

No siguió el comandante explanando sus disolventes opiniones hasta la misma puerta de la señora. Al abrirla Imperfecto, Asís convidó a su amigo a que descansase un rato; él se negó; necesitaba darse una vuelta por el Círculo Militar, leer los periódicos extranjeros y hablar con un par de amigos, a última hora, en Fornos. Deseó respetuosamente las buenas noches a la señora y bajó las escaleras a paso redoblado. Con el mismo echó calle abajo aquel gran despreocupado, nihilista de la moral: y nos consta que iba haciendo este o parecido soliloquio, parecidísimo al que en igualdad de circunstancias haría otra persona que pensase según todos los *clichés* admitidos:

—Me ha engañado la viuda... Yo que la creía una señora impecable. Un apabullo como otro cualquiera. No he mirado las iniciales del tarjetero: serían... ¡vaya usted a saber! Porque, en realidad, ni nadie murmura de ella, ni veo a su alrededor persona que... En fin, cosas que suceden en la vida: chascos que uno se lleva. Cuando pienso que a veces se me pasaba por la cabeza decirle algo formal... No, esto no es un *caballo muerto*, ¡qué disparate!, es sólo un tropiezo del caballo... No he llegado a caerme... ¡Así fuesen los desengaños todos...!

Siguió caminando sin ver los árboles del Retiro, que se agrupaban en misteriosas masas a su derecha. Ni percibía el olor de las acacias. Pero él seguía oliendo no a los cortesanos y pulidos vegetales de los paseos públicos, sino a otros árboles rurales, bravíos y libres: los que producen la morena castaña que se asa en los magostos de noviembre, en el valle de los Pazos.

XV

La tarde del día siguiente la dedicó Asís a pagar visitas. Tarea maquinal y enfadosa, deber de los más irritantes que el pacto social impone. Raro es que nadie se someta a él sin murmurar, por fuera o por dentro, del mundo y sus farsas. Menos mal cuando las visitas se hacen, como las hacía la dama, en pies ajenos. Entonces lo arduo de la faena empieza en las porterías. ¡Si todas las casas fuesen como la de Sahagún o la de Torres-Nobles, por ejemplo! Allí, antes de llegar, ya llevaba Asís en la mano la tarjeta con el pico dobladito, y, al sentir rodar el coche, ya estaba asomándose al ancho vano del portón el portero imponente, patilludo, correcto, amabilísimo, que recogía la tarjeta preguntando: «¿Adónde desea ir la señora?», para transmitir la orden al cochero. Los Torres-Nobles, los Sahagún, los Pinogrande y otras familias así, de muy alto copete, no recibían sino de noche alguna vez, y el llegarse a su casa para dejar la tarjeta representaba una fórmula de cortesía facilísima de cumplir al bajar al paseo o al volver de las tiendas. Pero, si entre las relaciones de Asís las había tan granadas, otras eran de muchísimo menos fuste, y algunas, procedentes de Vigo, rayaban en modestas. Y allí era el entrar en portales angostos, el parlamentar con porteras gruñonas, la desconsoladora respuesta: «Sí, señora, me paece que no ha salío en to el día de casa... Tercero con entresuelo, primero y principal... a mano izquierda». Y la ascensión interminable, el sobrealiento, el tedio de subir por aquel caracol obscuro, con olores a cocina y a todas las oficinas caseras, y la cerril alcarreña que abre, y la acogida embarazosa, las empalagosas preguntitas, los chiquillos sucios y desgreñados, los relatos de enfermedades, la chismografía viguesa agigantada por la óptica de la distancia... Vamos, que era para renegar, y Asís renegaba en su interior, consultando sin embargo la lista de la cartera y diciendo con un suspiro profundo: —¡Ay...! Aún falta la viuda de Pardiñas... la madre del médico de Celas..., y Rita, la hermana de Gabriel Pardo... Y esa sí que es urgente... Ha tenido al chiquillo con difteria...

Por lo mismo que el ajetreo de las visitas había sido tan cargante que a la mayor parte se las encontrara en casa y que no le sacaron sino conversaciones capaces de aburrir a una estatua de yeso, la dama regresaba a su vivienda con el espíritu muy sosegado. A semejanza de los devotos que si les hurga la conciencia se imponen la obligación de rezar tres rosarios seguidos en una serie considerable de padrenuestros, Asís, sintiéndose reo de perturbación social, o al menos de amago de este delito, se consagraba a cumplir minuciosamente los ritos de desagravio, y, como le habían producido tan soberano fastidio, juzgaba saldada más de la mitad de su cuenta. Por otra parte, encontrábase decidida —más que nunca— a cortar las irregularidades de su conducta presente. Tenía razón el comandante: la falta, bien mirado, no era tan inaudita; pero si trascendía al público, ¡ah!, ¡entonces! Evitar el escándalo y la reincidencia, garantizar lo venidero..., y se acabó. Cortar de raíz, eso sí (la dama veía entonces la virtud en forma de grandes y afiladísimas tijeras, como las que usan los sastres). Y bien podía hacerlo, porque, la verdad ante todo, su corazón no estaba interesado... —Vamos a ver —argüía para sí la señora—, supongamos que ahora viniesen a decirme: Diego Pacheco se ha largado esta mañana a su tierra, donde parece que se casa con una muchacha preciosa... Nada: yo tan fresca, sin echar ni una lágrima. Hasta puede que diese gracias a Dios, viéndome libre de este grave compromiso. Pues la cosa es bien sencilla: ¿se había de ir él? Soy yo quien se larga. Así como así, días arriba o abajo, ya estaba cerca el de irse a veranear... Pues adelanto el veraneo un poquillo... y corrientes.

¡Qué descanso tomar el tren! Se concluían aquellos recelos incesantes, aquel volver el rostro cuando la Diabla le preguntaba alguna cosa, aquella tartamudez, aquella vergüenza, vergüenza tonta en una viuda, que al fin y al cabo era libre y no tenía que dar a nadie cuenta de sus actos...

Pensaba en estas cosas cuando se apeó y empezó a subir la escalera de su casa. Aún no estaba encendida la luz, caso frecuente en las tardes veraniegas. Al segundo tramo... ¡Dios nos asista! Un hombre que se destaca del obscuro rincón... ¡Pacheco!

Reprimió el chillido. El meridional le cogía ambas manos con violencia.

—¿Cómo está mi niña? Tres veces he venido y siempre te negaron... Lo que es una de ellas juro que estabas en casa... Si no quieres verme, dímelo a mí, que no vendré... Te miraré de lejitos en el paseo o en el teatro... Pero no me despidas con una criada, que se ríe de mí al darme con la puerta en las narices.

—No... pero si yo... —contestaba aturdida la señora.

—¿No se había negado la nena para mí?

—No, para ti no... —afirmó rápidamente Asís con acento de sinceridad: tan espontáneo e inevitable suele ser en ciertas ocasiones el engaño.

—Pues, entonces, vengo esta noche. ¿Sí? Esta noche a las nueve.

Hizo la dama un expresivo movimiento.

—¿No quieres? ¿Tienes compromiso de salir, de ir a alguna parte? La verdad, chiquilla. Me largaré como aquel a quien le han dado cañaso, pero no porfiaré. Me sabe mal porfiar. Por mí no has de tener tú media hora de disgusto.

Asís titubeaba. Cosa rara y sin embargo explicable dentro de cierto misterioso ilogismo que impone a la conducta femenina la difícil situación de la mujer: lo que decidió su respuesta afirmativa fue cabalmente la resolución de poner tierra en medio que acababa de adoptar en el coche.

—Bueno, a las nueve... (Pacheco la apretó contra sí.) Pero... ¿te irás a las diez?

—¿A las diez? Es tanto como no venir... Tú tienes que hacer hoy: dímelo así, clarito.

—Que hacer no... Por los criados. No me gusta dar espectáculo a esa gente.

—El chico no importa, es un bausán... La chica es más avispada. Mándala con un recado fuera... Hasta pronto.

Y Pacheco ocultó la cara en el pelo de la señora, descomponiéndolo y echándole el sombrero hacia atrás. Ella se lo arregló antes de llamar, lo cual hizo con pulso trémulo.

Iba muy preocupada, mucho. Se desnudó distraídamente, dejando una prenda aquí y otra acullá; la Diabla las recogía y colgaba, no sin haberlas sacudido y examinado con un detenimiento que a Asís le pareció importuno. ¿Por qué no rehusar firmemente la dichosa cita...? Sí, sería mejor; pero, al fin, para el tiempo que faltaba... Volviose hacia la doncella.

—Mira, revisarás el mundo grande...: creo que tiene descompuestas las bisagras. Acuérdate mañana de ir a casa de madama Armandina...: puede que ya estén los sombreros listos... Si no están, le das prisa. Que quiero marcharme pronto, pronto.

—¿A Vigo, señorita? —preguntó la Diabla con hipócrita suavidad.

—¿Pues adónde? También te darás una vuelta por el zapatero... y a ver si en la plazuela del Ángel tienen compuesto el abanico.

Dictando estas órdenes se calmaba. No, el rehusar no era factible. Si le hubiese despedido esta noche, él querría volver mañana. Disimulo, transigir... y, como decía él..., *najensia*.

Comió poco; sentía esa constricción en el diafragma, inseparable compañera de las ansiedades y zozobras del espíritu. Miraba frecuentemente para la esfera del reloj, la cual no señalaba más que las ocho al levantarse la señora de la mesa.

—Oye, Ángela...

Faltábale saliva en la boca; la lengua se le pegaba al velo del paladar.

—Oye, hija... ¿Quieres... irte a pasar esta noche con tu hermana, la casada con el guardia civil? ¿Eh?

—¡Ay, señorita...! Yo, con mil amores... Pero vive tan lejos: el cuartel lo tienen allá en las Peñuelas... Mientras se va y se viene...

—Es lo de menos... Te pago el tranvía... o un simón. Lo que te haga falta... Y aunque vuelvas después de... media noche, ¿eh?, no dejarán de abrirte. Como a escape... Mira, ¿no tiene tu hermana una niña de seis años?

—De ocho, señorita, de ocho... Y un muñeco de trece meses que anda con la dentición.

—Bien: a la niña podrá servirle, arreglándola... Le llevas aquella ropa de Marujita que hemos apartado el otro día...

—Dios se lo pague... ¿También el sombrero de castor blanco, con el pájaro?

—También... Anda ya.

El sombrero de castor produjo excelente efecto. Imaginaba siempre la señora que, de algunos días a esta parte, su doncella se atrevía a mirarla y hablarla ya con indefinible acento severo, ya con disimulada entonación irónica; pero después de tan espléndida donación, por más que aguzó la malicia, no pudo advertir en el gracioso semblante de la criada sino júbilo y gratitud. Comió la Diabla en tres minutos: ni visto ni oído: y a poco se presentó a su ama muy maja y pizpireta, con traje dominguero, el pelo rizado a tenacilla, botas que cantaban.

—Vete, hija, ya debe de ser tarde... Las nueve menos cuarto...

—No, señorita... Las ocho y veinticinco por el comedor... ¿Tiene algo que mandar? ¿Quiere alguna cosa?...

—Nada, nada... Que lo pases bien... ¡Qué elegante te has puesto...! Allí habrá gente, ¿eh? ¿Guardias civiles? ¿Jóvenes?

—Algunos... Hay uno de nuestra tierra... de la provincia de Pontevedra, de Marín... alto él, con bigote negro.

—Bien, hija... Pues lo que es por mí, ya puedes marcharte.

¿Qué haría aquella maldita Diabla que un cuarto de hora después de recibidas semejantes despachaderas aún no había tomado el portante? Con el oído pegado a la puertecilla falsa de su dormitorio, que caía al pasillo, Asís espiaba la salida de su doncella, mordiéndose los labios de impaciencia nerviosa. Al fin sintió pasitos, taconeo de calzado flamante, oyó una risotada, un *¡a divertirse y gastar poco!* que venía de la cocina... La puerta se abrió, hizo ¡puum!, al cerrarse... ¡Ay, gracias a Dios!

Así que se fue la condenada chica, pareciole a la señora que todo el piso se había quedado en un silencio religioso, en un recogimiento inexplicable. Hasta la lámpara del saloncito alumbraba, si cabe, con luz más velada, más dulce que otras noches. Eran las nueve menos cuarto: Pacheco aún tardaría cosa de veinte minutos... Se oyó un campanillazo sentimental, tímido, como si la campanilla recelase pecar de indiscreta...

XVI

Era Pacheco, envuelto en su capa de embozos grana, impropia de la estación, y de hongo. Detúvose en la puerta como irresoluto, y Asís tuvo que animarle:

—Pase usted...

Entonces el galán se desembozó resueltamente y se informó de cómo andaba la salud de Asís.

En los primeros momentos de sus entrevistas, siempre se hablaban así, empleando fórmulas corteses y preguntando cosas insignificantes; su saludo era el saludo de ordenanza en sociedad; estrecharse la mano. Ni ellos mismos podrían explicar la razón de este procedimiento extraño, que acaso fuese la cortedad debida a lo reciente e impensado de su trato amoroso. No obstante, algo especial y distinto de otras veces notaría el andaluz en la señora que, al sentarse en el diván a su lado, murmuró después de una embarazosa pausa:

—¡Qué fría me recibes! ¿Qué tienes?

—¡Qué disparate! ¿Qué voy a tener?

—¡Ay, prenda, prenda! A mí no se me engaña... Soy perro viejo en materia de mujeres. Estorbo. Tú tenías algún plan esta noche.

—Ninguno, ninguno —afirmó calurosamente Asís.

—Bien, lo creo. Eso sí que lo has dicho como se dicen las

verdaes. Pero en plata: que no te pinchaban a ti las ganas de verme. Hoy me querías tú a cien leguas.

Aseveró esto metiendo sus dedos largos, de pulcras uñas, entre el pelo de la señora, y complaciéndose en alborotar el peinado sobrio, sin postizos ni rellenos, que Asís trataba de imitar del de la Pinogrande, maestra en los toques de la elegancia.

—Si no quisiese recibirte, con decírtelo...

—Así debiera ser...: el corasonsillo en la mano...; pero a veces se le figura a uno que está comprometido a pintar afecto ¿sabes tú?, por caridad o qué sé yo por qué... Si yo lo he hecho a cada rato, con un ciento de novias y de querías... Harto de ellas por cima de los pelos... y empeñado en aparentar otra cosa... porque es fuerte eso de estamparle a un hombre o a una hembra en su propia cara: «Ya me tiene usted hasta aquí..., no me hace usted ni tanto de ilusión».

—¿Quién sabe si eso te estará pasando a ti conmigo? —exclamó Asís festivamente, echándolas de modesta.

No contestó el meridional sino con un abrazo vehemente, apretado, repentino, y un —¡ojalá!— salido del alma, tan ronco y tan dramático que la dama sintió rara conmoción, semejante a la del que, poniendo la mano sobre un aparato eléctrico, nota la sacudida de la corriente.

—¿Por qué dices *ojalá*? —preguntó, imitando el tono del andaluz.

—Porque esto es de más; porque nunca me vi como me veo; porque tú me has dado a beber zumo de hierbas desde que te he conocío, chiquilla... Porque estoy mareado, chiflado, loco, por tus pedasos de almíbar... ¿Te enteras? Porque tú vas a ser causa de la perdición de un hombre, lo mismo que

Dios está en el sielo y nos oye y nos ve... Terroncito de sal, ¿qué tienes en esta boca, y en estos ojos, y en toda tu persona, para que yo me ponga así? A ver, dímelo, gloria, veneno, sirena del mar.

La señora callaba, aturdida, no sabiendo qué contestar a tan apasionadas protestas; pero vino a sacarla del apuro un estruendo inesperado y desapacible, el alboroto de una de esas músicas ratoneras antes llamadas *murgas*, y que en la actualidad, por la manía reinante de elevarlo todo, adoptan el nombre de *bandas populares*.

—¡Oiga! ¿Nos dan cencerrada ya los vecinos del barrio? —gritó Pacheco levantándose del sofá y entrabriendo las vidrieras—. ¡Y cómo desafinan los malditos...! Ven a oír, chiquilla, ven a oír. Verás como te rompen el tímpano.

En el meridional no era sorprendente este salto desde las ternezas más moriscas al más prosaico de los incidentes callejeros: estaba en su modo de ser la transición brusca, la rápida exteriorización de las impresiones.

—Mira, ven... —continuó—. Te pongo aquí una butaca y nos recreamos. ¿A quién le disparará la serenata?

—A un almacén de ultramarinos que se ha estrenado hoy —contestó Asís recordando casualmente chismografías de la Diabla—. En la otra acera, pocas casas más allá de la de enfrente. Aquella puerta... allí. ¡Ya tenemos música para rato!

Pacheco arrastró un sillón hacia la ventana y se sentó en él.

—¡Desatento! —exclamó riendo la señora—. ¿Pues no decías que era para mí?

—Para ti es —respondió el amante cogiéndola por la cintura y obligándola quieras no quieras a que se acomodase en sus rodillas. Se resistió algo la dama, y al fin tuvo que acceder.

Pacheco la mecía como se mece a las criaturas, sin permitirse ningún agasajo distinto de los que pueden prodigarse a un niño inocente. Por forzosa exigencia de la postura, Asís le echó un brazo al cuello y, después de los primeros minutos, reposó la cabeza en el hombro del andaluz. Un airecillo delgado, en que flotaban perfumes de acacia y ese peculiar olor de humo y ladrillo recaliente de la atmósfera madrileña en estío, entraba por las vidrieras, intentaba en balde mover las cortinas y traía fragmentos de la música chillona, tolerable a favor de la distancia y de la noche, hora que tiene virtud para suavizar y concertar los más discordantes sonidos. Y la proximidad de los dos cuerpos ocupando un solo sillón estrechaba también, sin duda, los espíritus, pues por vez primera en el curso de aquella historia entablose entre Pacheco y la dama un cuchicheo íntimo, cariñoso, confidencial.

No hablaban de amor: versaba el coloquio sobre esas cosas que parecen muy insignificantes escritas y que en la vida real no se tratan casi nunca sino en ocasiones semejantes a aquella, en minutos de imprevista efusión. Asís menudeaba preguntas exigiendo detalles biográficos: ¿Qué hacía Pacheco? ¿Por dónde andaba? ¿Cómo era su familia? ¿La vida anterior? ¿Los gustos? ¿Las amistades? ¿La edad justa, justa, por meses, días y no sé si horas?

—Pues yo soy más vieja que tú —murmuró pensativa, así que el gaditano hubo declarado su fe de bautismo.

—¡Gran cosa! Será un añito, o medio.

—No, no, dos lo menos. Dos, dos.

—Corriente, sí, pero el hombre siempre es más viejo, cachito de gloria, porque nosotros vivimos, ¿te enteras?, y vosotras no. Yo, en particular, he vivido por una docena. No imaginarás diablura que yo no haya catado. Soy maestro en el arte de hacer desatinos. ¡Si tú supieses algunas cosas mías!

Asís sintió una curiosidad punzante unida a un enojo sin motivo.

—Por lo visto eres todo un perdis, buena alhaja.

—¡Quiá...! ¿Perdis yo? Di que no, nena mía. Yo galanteé a trescientas mil mujeres, y ahora me parece que no quise a ninguna. Yo hice cuanto disparate se puede hacer, y al mismo tiempo no tengo vicios. ¿Dirás que cómo es ese milagro? Siendo... ahí verás tú. Los vicios no prenden en mí. Ninguno arraiga, ni arraigará jamás. Aún te declaro otra cosa: que no sólo no se me puede llamar vicioso, sino que si me descuido acabo por santo. Es según los lados a que me arrimo. ¿Me ponen en circunstancias de ser perdío? No me quedo atrás. ¿Que tocan a ser bueno? Nadie me gana. Si doy con gente arrastrada, ¿qué quieres tú?

—¿Hasta en lo tocante a la honra te dejarías llevar? —preguntó algo asustada Asís.

El gaditano se echó atrás como si le hubiese picado una sierpe.

—¡Hija! Vaya unas cosillas que me preguntas. ¿Me has tomado por algún secuestrador? Yo no secuestro más que a las hembras de tu facha. Pero ya sabes que, en mi tierra, las pendencias no se cuentan por delitos... He *enfriado* a un infeliz... que más quisiera no haberle tocado al pelo de la ropa. Dejémoslo, que importa un pito. Fuera de esas trifulcas, no ha tenío el diablo por donde cogerme: he jugado, perdiendo y ganando un dinerillo... regular; he bebío..., vamos, que no me falta a mí saque; de novias y otros enredos... De esto estaría muy feo que te contase ná. Chitito. ¿Un cariño a tu rorro?

—Vamos, que eres la gran persona —protestó escandalizada Asís, desviándose en vez de acercarse como Pacheco pretendía.

—No lo sabes bien. Eso es como el Evangelio. Yo quisiera averiguar pa qué me ha echado Dios a este mundo. Porque soy, además de tronerilla, un haragán y un zángano de primera, niña del alma... No hago cosa de provecho, ni ganas de hacerla. ¿A qué? Mi padre, empeñao el buen señor en que me luzca y en que sirva al país, y dale con la chifladura de que me meta en política, y tumba con que salga diputao, y vaya a hacer el bu al Congreso... ¡En el Congreso yo! A mí, lo que es asustarme, ni el Congreso ni veinte Congresos me asustan. La farsa aquella no me pone miedo. Te aviso que en todo cuanto me propongo salir avante salgo y sin grandes fatigas: ¡qué! Pero, a decir verdad, no me he tomado nunca trabajos así enormes, como no fuese por alguna mujer guapa. No soy memo ni lerdo y, si quisiese ir allí a pintar la mona como Albareda, la pintaría, figúrate. ¿Que se me ha muerto mi abuelita? ¡Si es la pura verdad! Sólo que too eso porque tanto se descuaja la gente no vale los sudores que cuesta. En cambio... ¡una mujer como tú...!

Díjolo al oído de la dama, a quien estrechó más contra sí.

—Sólo esto, terrón de azúcar, sólo esto sabe bien en el mundo amargo... Tener así a una mujer adorándola... Así, apretadica, metida en el corazón... Lo demás... pamplina.

—Pero eso es atroz —protestó severamente Asís, cuya formalidad cantábrica se despertaba entonces con gran brío—. ¿De modo que no te avergüenzas de ser un hombre inútil, un mequetrefe, un cero a la izquierda?

—¿Y a ti qué te importa, lucerito? ¿Soy inútil pa quererte? ¿Has resuelto no enamorarte sino de tipos que mangoneen y anden agarraos a la casaca de algún ministro? Mira... Si te empeñas en hacer de mí un personaje, una notabilidad... como soy Diego que te sales con la tuya. Daré días de gloria a la patria: ¿no se dice así? Aguarda, aguarda..., verás qué registros saco. Proponte que me vuelva un Castelar o un Cánovas del Castillo, y me vuelvo... ¡Ole que sí! ¿Te creías tú que alguno de esos panolis vale más que este nene? Sólo que ellos largaron todo el trapo y yo recogí velas... Por no deslucirlos. Modestia pura.

No había más remedio que reírse de los dislates de aquel tarambana, y Asís lo hizo; al reírse hubo de toser un poco.

—¡Ea!, ya te me acatarraste —exclamó el gaditano consternadísimo—. Hágame usté el obsequio de ponerse algo en la cabeza... Así, tan desabrigada... ¡Loca!

—Pero si nunca me pongo nada, ni... No soy enclenque.

—Pues hoy te pondrás, porque yo lo mando. Si aciertas a enfermar, me suicido.

Saltó Asís de brazos de su adorador muerta de risa, y al saltar perdió una de sus bonitas chinelas, que, por ser sin talón, a cada rato se le escurrían del pie. Recogiola Pacheco, calzándosela con mil extremos y zalamerías. La dama entró en su alcoba, y abriendo el armario de luna empezó a buscar a tientas una toquilla de encaje para ponérsela y que no la mareease aquel pesado. Vuelta estaba de espaldas a la poca luz que venía del saloncito, cuando sintió que dos brazos la ceñían el cuerpo. En medio de la lluvia de caricias delirantes que acompañó a demostración tan atrevida, Asís entreoyó una voz alterada, que repetía con acento serio y trágico:

—¡Te adoro...! ¡Me muero, me muero por ti!

Parecía la voz de otro hombre, hasta tenía ese *trémolo* penoso que da al acento humano el rugir de las emociones extraordinarias comprimido en la garganta por la voluntad. Impresionada, Asís se volvió soltando la toquilla.

—Diego... —tartamudeó llamando así a Pacheco por primera vez.

—¿Por qué no dices *Diego mío, Diego del alma*? —exclamó con fuego el andaluz deshaciéndola entre sus brazos.

—Qué sé yo... Cuando uno habla así... me parece cosa de novela o de comedia. Es una ridiculez.

—¡Prueba... prueba...! ¡Ay! ¡Cómo lo has dicho! *¡Diego mío!* —prorrumpió él remedando a la señora, al mismo tiempo que la soltaba casi con igual violencia que la había cogido—. ¡Pedazo de hielo! ¡Vaya unas hembras que se gastan en tu país...! ¡Marusiñas! ¡Reniego de ellas todas! ¡Que las echen al carro e la basura!

—Mira —dijo la dama tomándolo otra vez a risa—, eres un cómico y un orate... No hay modo de ponerse seria con un tipo como tú. A ver: aquí está un señorito que ha tenido cuatrocientas novias y dos mil líos gordos, y ahora se ha prendado de mí como el Petrarca de la señora Laura... De mí nada más: privilegio exclusivo, patente del Gobierno.

—Tómalo a guasa... Pues es tan verdad como que ahora te agarro la mano. Yo tuve un millón de devaneos, conformes; pero en ninguno me pasó lo que ahora. ¡Por estas, que son cruces! Quebraeros de cabeza míos, novias y demás me las encuentro en la calle y ni las conozco. A ti... te dibujaría, si fuese pintor, a obscuras. Tan clavadita te tengo. De aquí a cincuenta años, cayéndote de vieja, te conocería entre mil viejas más. Otras historias las seguí por vanidad, por capricho, por golosina, por terquedad, por matar el tiempo... Me quedaba un rincón aquí, donde no ha puesto el pie nadie, y tenía yo guardaa la llave de oro para ti, prenda morena... ¿Que lo dudas? Mira, haz un ensayo... Por gusto.

Arrastró a la dama hacia el salón y se recostó en el diván; tomó la mano de Asís y la colocó extendida sobre el lado izquierdo de su chaleco. Asís sintió un leve y acompasado vaivén, como de péndulo de reloj. Pacheco tenía los ojos cerrados.

—Estoy pensando en otras mujeres, chiquilla... Quieta..., atención..., observa bien.

—No late nada fuerte —afirmó la señora.

—Déjate un rato así... Pienso en mi última novia, una rubia que tenía un talle de lo más fino que se encuentra en el mundo... ¿Ves qué quietecillo está el pájaro? Ahora... dime tú... ¡si puedes!, alguna cosa tierna... Mas que no sea verdá.

Asís discurría una gran terneza y buscaba la inflexión de voz para pronunciarla. Y al fin salió con esta eterna vulgaridad:

—¡Vida mía!

Bajo la palma de la señora, el corazón de Pacheco, como espíritu folleto que obedece a un conjuro, rompió en el más agitado baile que puede ejecutar semejante víscera. Eran saltos de ave azorada que embiste contra los hierros de su cárcel... El meridional entreabrió las azules pupilas; su tez tostada había palidecido algún tanto; con extraña prisa se levantó del sofá y fue derecho al balcón, donde se apoyó como para beber aire y rehacerse de algún trastorno físico y moral. Asís, inquieta, le siguió y le tocó en el brazo.

—Ya ves qué majadero soy... —murmuró él volviéndose.

—Pero ¿te pasa algo?

—Ná... —El gaditano se apartó del balcón, y viniendo a sentarse en un *puf* bajito, y rogando a Asís con la mirada que ocupase el sillón, apoyó la cabeza en el regazo de la dama—. Con sólo dos palabritas que tú me dijiste... Haz favor de no reírte, mona, porque donde me ves tengo mal genio... y puede que soltase un desatino. Desde que me he entontecido por ti, estoy echando peor carácter. Calladita la niní... Deje dormir a su rorro.

Pacheco cruzó el umbral de aquella casa antes de sonar la media noche. La Diabla no había regresado aún. Cuando el gaditano, según costumbre hasta entonces infructuosa, se volvió desde la esquina de la calle mirando hacia los balcones de Asís, pudo distinguir en ellos un bulto blanco. La señora exponía sus sofocadísimas mejillas al aire fresco de la noche, y la embriaguez de sus sentidos y el embargo de sus potencias empezaban a disiparse. Como náufrago arrojado a la costa, que volviendo en sí toca con placer el cinto de oro que tuvo la precaución de ceñirse al sentir que se hundía el buque, Asís se felicitaba por haber conservado el átomo de razón indispensable para no acceder a cierta súplica insensata.

—¡Buena la hacíamos! Mañana estaban enterados vecinos, servicio, portero, sereno, el diablo y su madre. ¡Ay, Dios mío...! ¡Me sigue, me sigue el mareo aquel de la verbena... y lo que es ahora no hay álcali que me lo quite...! ¡Qué mareo ni qué...! Mareo, alcohol, insolación... ¡Pretextos, tonterías...! Lo que pasa es que me gusta, que me va gustando cada día un poco más, que me trastorna con su palabrería..., y punto redondo. Dice que yo le he dado bebedizos y hierbas... Él sí que me va dando a comer sesos de borrico... y nada, que no me desenredo. Cuando se va, reflexiono y caigo en la cuenta; pero en viéndole... acabose, me perdí.

Llegada a este capítulo, la dama se dedicó a recordar mil pormenores, que reunidos formaban lindo mosaico de gracias y méritos de su adorador. La pasión con que requebraba; el donaire con que pedía; la gentileza de su persona; su buen porte, tan libre del menor conato de gomosería impertinente como de encogimiento provinciano; su rara mezcla de espontaneidad popular y cortesía hidalga; sus rasgos calaverescos y humorísticos unidos a cierta hermosa tristeza romántica (conjunto, dicho sea de paso, que forma el hechizo peculiar de los *polos, soleares* y demás canciones andaluzas), eran otros tantos motivos que la dama se alegaba a sí propia para excusar su debilidad y aquella afición avasalladora que sentía apoderarse de su alma. Pero al mismo tiempo, considerando otras cosas, se increpaba ásperamente.

—No darle vueltas: aquí no hay nada superior, ni siquiera bueno: hay un truhán, un vago, un perdis... Todo eso que me dice de que sólo a mí... Ardides, trapacerías, costumbre de engañar, mañitas de calavera. En volviendo la esquina... (Pacheco acababa de verificar, hacía pocos minutos, tan sencillo movimiento) ya ni se acuerda de lo que me declama. Estos andaluces nacen actores... Juicio, Asís..., juicio. Para estas tercianas, hija mía, píldoras de camino de hierro... y extracto de Vigo, mañana y tarde, durante cuatro meses. ¡Bahía de Vigo, cuándo te veré!

El airecillo de la noche, burlándose de la buena señora, compuso con sus susurros delicados estas palabras:

—Terronsito e asúcar..., gitana salá.

XVII

Muy atareadas estaban la marquesa viuda de Andrade y su doncella en revisar mundos, sacos y maletillas, operación necesaria cuando se va a emprender un viaje. Y mire usted que parece cosa del mismo enemigo. Siempre en los últimos momentos han de faltar las llaves de los baúles. Por mucho que uno las coloque en sitio determinado, diciendo para sí: «En este cajón se queda la llavecita; no olvidar que aquí la puse; le ato un estambre colorado, para acordarme mejor; no sea que el día de la marcha salgamos con que se ha obscurecido», viene el instante crítico, la busca uno, y... ¡echarle un galgo! Nada, no parece: venga el cerrajero, tiznado, sucio, preguntón, insufrible; haga una nueva, y llévaselo todo la trampa.

Nerviosa y displicente, daba Asís a la Ángela estas quejas. El ajetreo del viaje la ponía de mal humor: ¡son tan cargantes los preparativos! ¡Qué babel, qué trastorno! Nunca sabe uno lo que conviene llevar y lo que debe dejarse; cree no necesitar ropa de abrigo, porque al fin se viene encima la canícula, pero ¡fíese usted de aquel clima gallego, tan inconstante, tan húmedo, tan lluvioso, que tiene seis temperaturas diferentísimas en cada veinticuatro horas! Se quedan aquí las prendas en el ropero, muertas de risa, y allá tirita uno o tiene que envolverse en mantones como las viejas... Luego las fiestecitas, los bailes dichosos de la Pastora, que obligan a ir provisto de trajes de sociedad, porque si uno se presenta sencillo, de seda cruda, les choca y se ofenden y critican... Nada, que la última hora es para volverse loco. ¿A que no se había acordado Ángela de pasarse por casa de la Armandina, a ver si tiene lista la pamela de la niña y el pajazón? ¿Apostamos a que el impermeable aún está con los mismos botones, que lastiman y en todo se prenden? ¿Y el alcanfor para poner en el abrigo de nutria? ¿Y la pimienta para que no se apolillase el tapiz de la sala?

Atarugada y dando vueltas de aquí para allí, la Diabla contestaba lo mejor posible al chaparrón de advertencias, reconvenciones y preguntas de su señora. La hábil muchacha, después de los primeros pases, conocía una estocada certera para su ama: si los preparativos de viaje andaban algo retrasados, era que la señorita aquel año había dispuesto la marcha un mes antes que de costumbre, por lo menos; también a ella (la Diabla) se le quedaba sin alistar un vestido de percal, y calzado, y varias menudencias; ella creía que hasta mediados de junio, hacia el día de San Antonio... ¿Cómo se le había de ocurrir que se largaban tan de prisa y corriendo? La señora contestaba con reprimido suspiro, callaba dos minutos, y luego, redoblando su gruñir, corría del cuarto-ropero al dormitorio, de la leonera o cuarto de los baúles al saloncito, y aún se determinaba a entrar en la cocina y el comedor, para regañar a Imperfecto que no le había traído a su gusto papel de seda, bramante, puntas de París, algodón en rama... Imperfecto, con la boca abierta y la fisonomía estúpida, subía y bajaba cien veces la escalera haciendo recados: las puntas eran gordas, se precisaban otras más chiquitas; el algodón no convenía blanco, sino gris: era para rellenar huecos en ciertos cajones y que no se estropease lo que iba dentro... En una de estas idas y venidas del criado, la señora cruzaba el pasillo, cuando repicó la campanilla. Impremeditadamente fue a abrir —cosa que no hacía nunca— y se encontró cara a cara con su Diego.

El primer movimiento fue de despecho y contrariedad mal encubierta. ¿Quién contaba con Pacheco a tales horas (las diez y media de la mañana)? No estaba Asís lo que se llama hecha un pingo, con traje roto y zapatos viejos, porque ni en una isla desierta se pondría ella en semejante facha; pero su bata de chiné blanco tenía manchas y visos obscuros, y aun no sé si alguna telaraña, indicio de la lidia con los baúles de la leonera; su peinado, revuelto sin arte, con rabos y mechones saliendo por aquí y por acullá, parecía obra de peluquería gatuna; y en la superficie del pelo y del rostro se había depositado un sutil viso polvoriento que la señora percibía vagamente al pestañear y al pasarse la lengua por los labios y que la impacientaba lo indecible. Y en cambio el galán venía todo soplado, con una camisa y un chaleco como el ampo de la nieve, el ojal guarnecido de fresquísimo clavel, guantes de piel de perro flamantitos y, en suma, todas las señales de haberse acicalado mucho. En la mano traía el pretexto de la visita madrugadora: dos libros medianamente gruesos.

—Las novelas francesas que le prometí... —dijo en voz alta después del cambio de saludos, porque la dama le había hecho seña con el mirar de que había moros en la costa—. Si está usted ocupada, me retiro... Si no, entraré diez minutos...

—Con mucho gusto... A la sala: el resto de la casa está imposible... no quiero que se asuste usted del estado en que se encuentra.

Entró Pacheco en la sala; pero, por aprisa que Ángela cerrase las puertas de las habitaciones interiores, el gaditano pudo ver baúles abiertos, con las bandejas fuera, ropa desparramada, cajas, sacos...

—¿Está usted de mudanza... o de viaje? —preguntó quedándose de pie en medio del saloncito, con voz opaca, pero sin emplear tono de reconvención ni de queja.

—No... —tartamudeó Asís—, tanto como de viaje precisamente... no. Es que estoy guardando la ropa de invierno, poniéndole alcanfor... Si uno se descuida, la polilla hace destrozos...

Pacheco se acercó a la dama, y bajando el diapasón, con las inflexiones dolientes y melancólicas que solía adoptar a veces, le dijo:

—A mí no se me engaña, te lo repito. Antes de venir sabía que te ibas. Tú no me conoces; tú te has creído que me la puedes dar. Aún no pasaron las ideas por esa cabecita y ya las he olfateado yo. Siento que gastes conmigo tapujos. Al fin no te valen, hija mía.

La señora, no acertando a responder nada que valiese la pena, bajó los ojos, frunció la boca e hizo un mohín de disgusto.

—No amoscarse. Si no me enfado tampoco. La nena mía es muy dueña de irse a donde quiera. Pero, mientras está aquí, ¿por qué me huye? Ayer me dijiste que no podíamos vernos, por estar tú convidada a comer...

Movidos por el mismo impulso, Asís y don Diego miraron en derredor. Las puertas, cerradas; al través de la que comunicaba con los cuartos interiores, pasaba amortiguado el ruido del ir y venir de la Diabla. Y sin concertarse, a un mismo tiempo, se acercaron, para cruzar mejor esas explicaciones que el corazón adivina antes de pronunciadas.

—Hazte cargo... Los criados... Es una atrocidad... Yo nunca tuve de estas..., vamos..., de estas historias... No sé lo que me pasa. Por favor te pido...

—¡Bendita sea tu madre, niña! Si ya lo sé... ¿Te crees que no me informo yo de los pasos en que anduvo mi reina? Estoy enterao de que nadie consiguió de ti ni esto. Yo el primerito... ¡Ay!, te deshago... Rica, gitana... ¡Cielo!

—Chist... La chica... Si pesca... Es más curiosa...

—Un favor te pido no más. Vente a almorsá conmigo. Que te vienes.

—Estás tocado... Quita... Chist...

—Que te vienes. Palabra, no lo sabrá ni la tierra. Se arreglará..., verás tú.

—Pero ¿cómo? ¿Dónde?

—En el campo. Te vienes, te vienes. ¡Ya pronto te quedas libre de mí...! La despedía. Al reo de muerte se le da, mujer.

¿Cómo cedió y balbució *que sí*, prometiendo, si no por la Estigia, por algún otro juramento formidable? ¡Ah! Aunque la observación ya no resulte nueva, cedió obedeciendo a los dos móviles que, desde la memorable insolación de San Isidro, guiaban, sin que ella misma lo notase, su voluntad; dos resortes que podemos llamar de goma el uno y de acero el otro: el resorte de goma era la debilidad que aplaza, que remite toda gran resolución hasta que la ampare el recurso de la fuga; el resorte de acero, todavía chiquitín, menudo como pieza de reloj, era el sentimiento que así, a la chiticallando, aspiraba nada menos que a tomar plenísima posesión de sus dominios, a engranar en la máquina del espíritu, para ser su regulador absoluto, y dirigir su marcha con soberano imperio.

Fiado en la palabra solemne de la señora, Pacheco se marchó, pues no convenía, por ningún estilo, que los viesen salir juntos. Asís entró en su cuarto a componerse. La Diabla la miraba con su acostumbrada curiosidad fisgona y aun le disparó tres o cuatro preguntas pérfidas referentes a la interrumpida tarea del equipaje.

—¿Se cierra el mundo? ¿Se clavan los cajones? ¿La señorita quiere que avise a la Central para mañana?

¿Cómo había de responder la señora a interrogaciones tan impertinentes? Claro que con alguna sequedad y no poco enfado secreto. Además, otros incidentes concurrían a exasperarla: por culpa del revoluto del equipaje, ni había cosa con cosa, ni parecía lo más indispensable de vestir: para dar con unos guantes nuevos tuvo que desbaratar el baúl más chico: para sacar un sombrero, desclavó dos cajones. Más peripecias: la hebilla del zapato inglés, descosida: al abrochar el cuerpo del traje, salta un herrete; al cepillarse los dientes, se rompe el frasco del elixir contra el mármol del lavabo...

—¿Almuerza fuera la señorita? —preguntó la incorregible Diabla.

—Sí... En casa de Inzula.

—¿Ha de venir a buscarla Roque?

—No... Pero le mandas que esté con la berlina allí, a las siete...

—¿De la tarde?

—¿Había de ser de la mañana? ¡Tienes cosas...!

La Diabla sonrió a espaldas de su señora y se bajó para estirarle los volantes del vestido y ahuecarle el polisón. Asís piafaba, pegando taconacitos de impaciencia. ¿El pericón? ¿El gabán gris, por si refresca? ¿Pañuelo? ¿Dónde se habrá metido el velo de tul? Estos pinguitos parece que se evaporan... Nunca están en ninguna parte... ¡Ah! Por fin... Loado sea Dios...

XVIII

Salvó la escalera como pájaro a quien abren el postigo de su penitenciaría, y con el mismo paso vivo echó calle abajo hasta Recoletos. La cita era en aquel sitio señalado donde Pacheco había tirado el puro: casi frente a la Cibeles. Asís avanzaba protegida por su antucá, pero bañada y animada por el sol, el sol instigador y cómplice de todo aquel enredo sin antecedentes, sin finalidad y sin excusa. La dama registró con los ojos las arboledas, los jardincillos, la entrada en la Carrera y las perspectivas del Museo, y no vio a nadie. ¿Se habría cansado Diego de esperar? ¡Capaz sería...! De pronto a sus espaldas una voz cuchicheó afanosa:

—Allí... Entre aquellos árboles... El simón.

Sin que ella respondiese, el gaditano la guió hacia el destartalado carricoche. Era uno de esos clarens inmundos, con forro de gutapercha resquebrajado y mal oliente, vidrios embazados y conductor medio beodo, que zarandean por Madrid adelante la prisa de los negocios o la clandestinidad del amor. Asís se metió en él con escrúpulo, pensando que bien pudiera su galán traerle otro simón menos derrotado. Pacheco, a fin de no molestarla pasando a la izquierda, subió por la portezuela contraria, y al subir arrojó al regazo de la dama un objeto... ¡Qué placer! ¡Un ramillete de rosas, o mejor dicho un mazo, casi desatado, mojado aún! El recinto se inundó de frescura.

—¡Huelen tan mal estos condenaos coches! —exclamó el meridional como excusándose de su galantería.

Pero Asís le flechó una ojeada de gratitud. El indecente vehículo comenzaba a rodar: ya debía de tener órdenes.

—¿Se puede saber adónde vamos o es un secreto?

—A las Ventas del Espíritu Santo.

—¡Las Ventas! —clamó Asís, alarmada—. ¡Pero si es un sitio de los más públicos! ¿Vuelta a las andadas? ¿Otro San Isidro tenemos?

—Es sitio público los domingos: los días sueltos está bastante solitario. Que te calles. ¿Te iba yo a llevar a donde te encontrases en un bochorno? Antes de convidarte, chiquilla, me he enterado yo de toas las maneras de almorsá en Madrid... Se puede almorsá en un buen *restaurant* o en cafés finos, pero eso es echar un pregón pa que te vean. Se puede ir a un colmado de los barrios o a una pastelería decente y escondía, pero no hay cuartos aparte: tendrías que almorsá en pública subasta, a la vera de alguna chulapa o de algún torero. Fondas, ya supondrás... No quedaban sino las Ventas o el puente de Vallecas. Creo que las Ventas es más bonito.

¡Bonito! Asís miró el camino en que entraban. Dejándose atrás las frondosidades del Retiro y las construcciones coquetonas de Recoletos, el coche se metía, lento y remolón, por una comarca la más escuálida, seca y triste que puede imaginarse, a no ser que la comparemos al cerro de San Isidro. Era tal la diferencia entre la zona del Retiro y aquel arrabal de Madrid, y se advertía tan de golpe, que mejor que transición parecía sorpresa escenográfica. Cual mastín que guarda las puertas del limbo, allí estaba la estatua de Espartero, tan mezquina como el mismo personaje, y la torre mudéjar de una escuela parecía sostener con ella competencia de mal gusto. Luego, en primer término, escombros y solares marcados con empalizadas; y, allá en el horizonte, parodia de algún grandioso y feroz anfiteatro romano, la plaza de toros. En aquel rincón semidesierto —a dos pasos del corazón de la vida elegante— se habían refugiado edificios heterogéneos, bien como en ciertas habitaciones de las casas se arrinconan juntas la silla inservible, la máquina de limpiar cuchillos y las colgaduras para el día de Corpus: así, después del circo taurino y la escuela, venía una fábrica de galletas y bizcochos, y luego un barracón con este rótulo: Acreditado merendero de la Alegría.

Las lontananzas, una desolación. El fielato parecía viva imagen del estorbo y la importunidad. A su puerta estaba detenido un borrico cargado de liebres y conejos, y un tío de gorra peluda buscaba en su cinto los cuartos de la alcabala. Más adelante, en un descampado amarillento, jugaban a la barra varios de esos salvajes que rodean a la Corte lo mismo que los galos a Roma sitiada. Y seguían los edificios fantásticos: un castillo de la Edad Media hecho, al parecer, de cartón y cercado de tapias por donde las francesillas sacaban sus brazos floridos; un parador, tan desmantelado como teológico (dedicado al Espíritu Santo nada menos); un merendero que se honraba con la divisa tanto monta y, por último, una franja rojiza, inflamada bajo la reverberación del sol: los hornos de ladrillo. En los términos más remotos que la vista podía alcanzar, erguía el Guadarrama sus picos coronados de eternas nieves.

Lo que sorprendió gratamente a Asís fue la ausencia total de carruajes de lujo en la carretera. Tenía razón Pacheco, por lo visto. Sólo encontraron un domador que arrastraban dos preciosas tarbesas; un carromato tirado por innumerable serie de mulas; el tranvía, que cruzó muy bullanguero y jacarandoso, con sus bancos atestados de gentes; otro simón con tapadillo, de retorno, y un asistente, caballero en el alazán de su amo. ¡Ah! Un entierro de angelito, una caja blanca y azul que tambaleándose sobre el ridículo catafalco del carro se dirigía hacia la sacramental sin acompañamiento alguno, inundado de luz solar, como deben de ir los querubines camino del Empíreo...

Poco hablaron durante el trayecto los amantes. Llevaban las manos cogidas; Asís respiraba frecuentemente el manojo de rosas y miraba y remiraba hacia fuera, porque así creía disminuir la gravedad de aquel contrabando, que en su fuero interno —cosa decidida— llamaba *el último*, y por lo mismo le causaba tristeza sabiéndole a confite que jamás, jamás había de gustar otra vez.

Llegaron al puente, y detúvose el simón ante el pintoresco racimo de merenderos, hotelitos y jardines que constituye la parte nueva de las Ventas.

—¿Qué sitio prefieres? ¿Nos apeamos aquí? —preguntó Pacheco.

—Aquí... Ese merendero... Tiene trazas de alegre y limpio —indicó la dama, señalando a uno cuya entrada por el puente era una escalera de palo pintada de verde rabioso.

Sobre el frontis del establecimiento podía leerse este rótulo, en letras descomunales imitando las de imprenta, y sin gazapos ortográficos: —FONDA DE LA CONFIANZA — VINOS Y COMIDAS — ASEO Y EQUIDAD—. El aspecto era original y curioso. Si no cabía llamar a aquello los jardines aéreos de Babilonia, cuando menos tenían que ser los merenderos colgantes. ¡Ingenioso sistema para aprovechar terreno! Abajo, una serie de jardines, mejor dicho, de plantaciones entecas y marchitas, víctimas de la aridez del suburbio matritense; y encima, sostenidos en armadijos de postes, las salas de baile, los corredores, las alcobas con pasillos rodeados de una especie de barandas, que comunicaban entre sí las viviendas. Todo ello —justo es añadirlo para evitar el descrédito de esta Citerea suspendida— muy enjabelgado, alegre, clarito, flamante, como ropa blanca recién lavada y tendida a secar al sol, como nido de jilguero colgado en rama de arbusto.

Un mozo frisando en los cincuenta, de mandil pero en mangas de camisa, con cara de mico, muequera, arrugadilla y sardónica, se adelantó apresurado al divisar a la pareja.

—Almorsá —dijo Pacheco lacónicamente.

—¿Dónde desean los señoritos que se les ponga el almuerzo?

El gaditano giró la vista alrededor y luego la convirtió hacia su compañera: esta había vuelto la cara. Con la agudeza de la gente de su oficio el mozo comprendió y les sacó del apuro.

—Vengan los señoritos... Les daré un sitio bueno.

Y, torciendo a la izquierda, guió por una escalera angosta que sombreaba un grupo de acacias y castaños de Indias, llevándoles a una especie de antesala descubierta que formaba parte de los consabidos corredores aéreos. Abriendo una puertecilla, hízose a un lado y murmuró con unción:

—Pasen, señoritos, pasen.

La dama experimentó mucho bienestar al encontrarse en aquella salita. Era pequeña, recogida, misteriosa, con ventanas muy chicas que cerraban gruesos postigos y enteramente blanqueada; los muebles vestían también blanquísimas fundas de calicó. La mesa, en el centro, lucía un mantel como el armiño; y lo más amable de tanta blancura era que al través de ella se percibía, se filtraba, por decirlo así, el sol, prestándole un reflejo dorado y quitándole el aspecto sepulcral de las cosas blancas cuando hace frío y hay nubes en el cielo. Mientras salía el mozo, el gaditano miró risueño a la señora.

—Nos han traído al palomar —dijo entre dientes.

Y, levantando una cortina nívea que se veía en el fondo de la reducida estancia, descubrió un recinto más chico aún, ocupado por un solo mueble, blanco también, más blanco que una azucena...

—Mira el nido —añadió tomando a Asís de la mano y obligándola a que se asomase—. Gente precavida... Bien se ve que están en todo. No me sorprende que vivan y se sostengan tantos establecimientos de esta índole. Aquí la gente no viene un día del año como a San Isidro; pero digo yo que habrá abonos a turno. ¿Nos abonamos, cacho de gloria?

No sé cómo acentuó Pacheco esta broma que en rigor, dada la situación, no afrentaba; lo cierto es que la señora sintió una sofoquina... vamos, una sofoquina de esas que están a dos deditos de la llorera y la congoja. Parecíale que le habían arañado el corazón. La mujer es un péndulo continuo que oscila entre el instinto natural y la aprendida vergüenza, y el varón más delicado no acertará a no lastimar alguna vez su invencible pudor.

XIX

Al colarse en el palomar los dos tórtolos, no lo hicieron sin ser vistos y atentamente examinados por una taifa de gente humilde, que a la puerta de la cocina del merendero fronterizo se dedicaba a aderezar un guisote de carnero puesto, en monumental cazuela, sobre una hornilla. Es de saber que ambos enseres domésticos los alquilaba el dueño del *restaurant* por módica suma en que iba comprendido también el carbón: en cuanto al carnero y al arroz de añadidura, lo habían traído en sus delantales las muchachas, que, por lo que pueda importar, diremos que eran operarias de la Fábrica de tabacos.

Capitaneaba la tribu una vieja pitillera, morena, lista, alegre, más sabidora que Merlín; y dos niñas de ocho y seis años travesaban alrededor de la hornilla, empeñadas en que les dejasen cuidar el guisado, para lo cual se reconocían con superiores aptitudes. Toda esta gentuza, al pasar la marquesa viuda de Andrade y su cortejo, se comunicó impresiones con mucho parpadeo y meneo de cabeza, y susurrados a media voz dichos sentenciosos. Hablaban con el seco y recalcado acento de la plebe madrileña, que tiene alguna analogía con lo que pudo ser la parla de Demóstenes si se le ocurriese escupir a cada frase una de las guijas que llevaba en la boca.

—Ay... Pus van así como asustaos... Ella es guapetona, colorá y blanca.

—Valiente perdía será.

—Se ve caa cosa... Hijas, la mar son estos señorones de rango.

—Puee que sea arguna del Circo. Tié pinta de franchuta.

—Que no, que este es un belén gordo, de gente de calidá. Mujer de algún menistro lo menos. ¿Qué vus pensáis? Pus una conocí yo, casaa con un presonaje de los más superfarolíticos... de mucho coche, una casa como el Palacio Rial... y andaba como caa cuala, con su apaño. ¡Qué líos, Virgen!

—No, pus muy amartelaos no van.

—¿Te quies callar? Ya samartelarán dentro. Verás tú las ventanas y las puertas atrancás, como en los pantiones... Pa que el sol no los queme el cutis.

Desmintiendo las profecías de la experta matrona, los postigos y vidrieras del palomar se abrieron, y asomó la cabeza de la dama, sin sombrero ya, mirando atentamente hacia el merendero.

—Miala, miala..., la gusta el baile.

En efecto, el corredor aéreo de enfrente ofrecía curiosa escena coreográfica. Un piano mecánico soltaba, con la regularidad que hace tan odiosos a estos instrumentos, el duro chorro de sus martilleadoras tocatas: *Cádiz* hacía el gasto: paso doble de *Cádiz*, tango de *Cádiz*, coro de majas de *Cádiz*... y hasta una veintena de cigarreras, de chiquillas, de fregonas muy repeinadas y con ropa de domingo saltaba y brincaba al compás de la música, haciendo a cada zapateta temblar el merendero... Asís veía pasar y repasar las caras sofocadas, las toquillas azul y rosa; y aquel brincoteo, aquel tripudio suspendido en el aire, sin hombres, sin fiesta que lo justificara, parecía efecto escénico, coro de zarzuela bufa. Asís se imaginó que las muchachas cobraban de los fondistas algún sueldo por animar el cuadro.

—¡Calla! —secreteó minutos después el grupo dedicado a vigilar la cazuela del guisote—. ¡Pus si también han abierto la puerta! Chicas... quien que se entere too el mundo.

—Estas tunantas ponen carteles.

El mozo subía y bajaba, atareado.

—Mia lo que los llevan. Tortilla... Jamón... Están abriendo latas de perdices... ¡Aire!

—No se las cambio por mi rico carnero. A gloria huele.

—¡Chist! —mandó el mozo, imponiéndose a aquellas cotorras—. Cuidadito... Si oyen... Son gente... ¡uf!

Al expresar la calidad de los huéspedes, el mozo hizo una mueca indescriptible, mezcla de truhanería y respeto profundo a la propina que ya olfateaba. La vieja cigarrera, de repente, adoptó cierta diplomática gravedad.

—Y pué que sean gente tan honrá como Dios Padre. No sé pa qué ha de condenar una su arma echando malos pensamientos. Serán argunos novios recién casaos, u dos hermanos, u tío y sobrina. Vayasté a saber. Oigasté, mozo...

Se apartó y secreteó con el mozo un ratito. De esta conferencia salió un proyecto habilísimo, madurado en breves minutos en el ardiente y optimista magín de la señá Donata, que así se llamaba la pitillera, si no mienten las crónicas. Arriba dama y galán empezaban a despachar los apetitosos entremeses, las incitantes aceitunas y las sardinillas, con su ajustada túnica de plata. Aunque Pacheco había pedido vinos de lo mejor, la dama rehusaba hasta probar el Tío Pepe y el amontillado, porque con sólo ver las botellas le parecía ya hallarse en la cámara de un trasatlántico, en los angustiosos minutos que preceden al mareo total. Como la señora exigía que puertas y ventanas permaneciesen abiertas, el almuerzo no revelaba más que la cordialidad propia de una luna de miel ya próxima a su cuarto menguante. Pacheco había perdido por completo su labia meridional, y manifestaba un abatimiento que, al quedar mediada la botella de Tío Pepe, se convirtió en la tristeza humorística tan frecuente en él.

—¿Te aburres? —preguntaba la dama a cada vuelta del mozo.

—Ajogo las peniyas, gitana —respondía el meridional apurando otro vaso de jerez, más auténtico que la famosa manzanilla del Santo.

Acababa el mozo de dejar sobre la mesa las perdices en escabeche, cuando en el marco de la puerta asomó una carita infantil, colorada, regordeta, boquiabierta, guarnecida de un matorral de rizos negrísimos. ¡Qué monada de chiquilla! Y estaba allí hecha un pasmarote, si entro si no entro. Asís le hizo seña con la mano; el pájaro se coló en el nido sin esperar a que se lo dijesen dos veces. Y las preguntas y los halagos de cajón: «Eres muy guapa... ¿Cómo te llamas? ¿Vas a la escuela...? Toma pasas... Cómete esta aceitunita por mí... Prueba el jerez... ¡Huy qué gesto más salado pone al vino...! Arriba con él... ¡Borrachilla! ¿Dónde está tu mamá? ¿En qué trabaja tu padre?»

De respuesta, ni sombra. El pajarito abría dos ojos como dos espuertas, bajaba la cabeza adelantando la frente como hacen los niños cuando tienen cortedad y al par se encuentran mimados, picaba golosinas y daba con el talón del pie izquierdo en el empeine del derecho. A los tres minutos de haberse colado el primer gorrión migajero en el palomar, apareció otro. El primero representaba cinco años; el segundo, más formal pero no menos asustadizo, tendría ya ocho lo menos.

—¡Hola! Ahí viene la hermanita... —dijo Asís—. Y se parecen como dos gotas... La pequeña es más saladilla... pero vaya con los ojos de la mayor... Señorita, pase usted... Esta nos enterará de cómo se llama su padre, porque a la chiquita le comieron la lengua los ratones.

Permanecía la mayor incrustada en la puerta, seria y recelosa, como aquel que antes de lanzarse a alguna empresa erizada de dificultades vacila y teme. Sus ojazos, que eran realmente árabes por el tamaño, el fuego y la precoz gravedad iban de Asís a Diego y a su hermanita: la chiquilla meditaba, se recogía, buscaba una fórmula, y no daba con ella, porque había en su corazón cierta salvaje repugnancia a pedir favores, y en su carácter, una indómita fiereza muy en armonía con sus pupilas africanas. Y, como se prolongase la vacilación, acudiole un refuerzo, en figura de la señá Donata, que, con la solicitud y el enojo peor fingidos del mundo, se entró muy resuelta en el gabinete refunfuñando:

—¡Eh!, niñas, corderas, largo, que estáis dando la gran jaqueca a estos señores... A ver si vus salís afuera, u sino...

—No molestan... —declaró Asís—. Son más formalitas... A esa no hay quien la haga pasar, y la chiquitilla... ni abre la boca.

—Pa comer ya la abren las tunantas...

Pacheco se levantó cortésmente y ofreció silla a la vieja. El gaditano, que entre gente de su misma esfera social pecaba de reservado y aun de altanero, se volvía sumamente campechano al acercarse al pueblo.

—Tome usted asiento... Se va usted a bebé una copita de Jerés a la salú de toos.

¡Oídos que tal oyeron! ¡Señá Donata, fuera temor, al ataque, ya que te presentan la brecha franca y expedito el rumbo! Y tan expedito que Pacheco, desde que la vieja puso allí el pie, pareció sacudir sus penosas cavilaciones y recobrar su cháchara, diciendo los mayores desatinos del mundo. Como que se puso muy formal a solicitar a la honrada matrona, proponiéndole un paseíto a solas por los tejares. Oía la muy lagarta de la vieja, y celebraba con carcajadas pueriles, luciendo una dentadura sana y sin mella; pero, al replicar, iba encajando mañosamente aquella misión diplomática que bullía en su mente fecunda desde media hora antes. Tratábase de que ella, ¿se hacen ustés cargo?, trabajaba en la Frábica de Madrí... y tenía cuatro nietecicas, de una hija que se murió de la tifusidea, y el padre de gomitar sangre, así, a golpás..., en dos meses se lo llevó la tierra, ¡señores!, que si se cuenta, mentira parece. Las dos nietecicas mayores, colocaas ya en los talleres; pero si la suerte la deparase una presona de suposición pa meter un empeño..., porque en este pícaro mundo, ya es sabío, too va por las amistaes y las enfluencias de unos y otros... Llegada a este punto, la voz de la señá Donata adquiría inflexiones patéticas: «¡Ay, Virgen de la Paloma! No premita el Señor que ustés sepan lo que es comer y vestir y calzar cinco enfelices mujeres con tristes ocho u nueve riales ganaos a trompicones... Si la señorita, que tenía cara de ser tan complaciente y tan cabal, conociese por casualidá al menistro... o al menistraor de la Frábica..., o al contaor..., o algún presonaje de estos que too lo regüerven... pa que la chiquilla mayor, Lolilla, entrase de aprendiza también... ¡Sería una caridá de las grandes, de las mayores! Dos letricas, un cacho de papel...».

Pacheco respondía a la arenga con mucha guasa, sacando la cartera, apuntando las señas de la pitillera detenidamente, y asegurándole que hablaría al presidente del Consejo, a la infanta Isabel (íntima amiga suya), al obispo, al nuncio... Enredados se hallaban en esta broma, cuando tras la abuela pedigüeña y las nietecillas mudas se metieron en el gabinete las dos chicas mayores.

—Miren mis otras huerfanicas enfelices —indicó la señá Donata.

Imposible imaginarse cosa más distinta de la clásica orfandad enlutada y extenuada que representan pintores y dibujantes al cultivar el sentimentalismo artístico. Dos mozallonas frescas, sudorosas porque acababan de bailar, echando alegría y salud a chorros, y saliéndoles la juventud en rosas a los carrillos y a los labios; para más, alborotadas y retozonas, dándose codazos y pellizcándose para hacerse reír mutuamente. Viendo a semejantes ninfas, Pacheco abandonó a la señá Donata, y con el mayor rendimiento se consagró a ellas, encandilado y camelador como hijo legítimo de Andalucía. Todas las penas *ajogadas* por el Tío Pepe se fueron a paseo, y el gaditano, entornando los ojos, derramando sales por la boca y ceceando como nunca, aseguró a aquellas principesas del Virginia que, desde el punto y hora en que habían entrado, no tenía él sosiego ni más gusto que comérselas con los ojos.

—¿Vienen ustés de bailar? —les preguntó risueño.

—Pus ya se ve —contestaron ellas con chulesco desgarro.

—¿Sin hombres? ¿Sin pareja?

—Ni mardita la falta.

—Pan con pan... Eso es más soso que una calabasa, prendas. Si me hubiesen ustés llamao...

—¿Que iba usté a venir? Somos poca cosa pa usté.

—¿Poca cosa? Son ustés... dos peasito del tersiopelo de que está forraa la bóveda seleste. ¡Ea!, ¿echamos o no ese baile? Ahora me empeñé yo... ¡A bailar!

Salió como una exhalación; dio la vuelta al pasillo aéreo; cruzó el puente que a los dos merenderos unía, y en breve, al compás del horrible piano mecánico, Pacheco bailaba ágilmente con las cigarreras.

XX

Entre las condiciones de carácter de la marquesa viuda de Andrade, y de los gallegos en general, se cuenta cierto don de encerrar bajo llave toda impresión fuerte. Esto se llama *guardarse* las cosas y, si tiene la ventaja de evitar choques, tiene la desventaja de que esas impresiones archivadas y ocultas se pudren dentro. Cuando el andaluz regresó después de haber pegado cuatro saltos, enjugándose la frente con su pañuelo y abanicándose con el hongo, halló a la señora aparentemente tranquila y afable, ocupada en obsequiar con queso, bizcochos y pasas a las dos gorrioncillas, y muy atenta a la charla de la vejezuela, que refería por tercera vez las *golpás* de sangre causa de la defunción de su yerno. Pero el camarero, que era más fino que el oro y más largo que la cuaresma, se dio cuenta con rápida intuición de que *aquello* no iba por el camino natural de almuerzos semejantes, y, adoptando el aire imponente de un bedel que despeja una cátedra, intimó a toda la bandada la orden de expulsión.

—¡Ea!, bastante han molestado ustedes a los señores. Me parece regular que se larguen.

—Oigasté... ¡El tío este! Si yo he entrao aquí, fue porque los señores me lo premitieron, ¿estamos? Yo soy así, muy franca de mi natural..., y me arrimo aonde veo naturalidá, y señoritos llanos y buenos mozos, sin despreciar a nadie.

—¡Ole las mujeres principales! —contestó con la mayor formalidad Pacheco, pagando el requiebro de la señá Donata.

La cual no soltó el sitio hasta que don Diego y la señora prometieron unánimes acordarse de su empeño y procurar que Lolilla entrase en los talleres. Las gorrionas se dejaron besar y se llevaron las manos atestadas de postres, pero ni con tenazas se les pudo sacar palabra alguna. No piaron hasta que fueron a posarse en el salón de baile.

El camarero también salió anunciando que «dentro de un ratito» traería café y licores. Al marcharse encajó bien la puerta, e inmediatamente los ojos de Pacheco buscaron los de su amiga. La vio de pie, mirando a las paredes. ¿Qué quería la niña? ¿Eh?

—Un espejo.

—¿Pa qué? Aquí no hay. Los que vienen aquí no se miran a sí mismos. ¿Espejo? Mírate en mí. Pero ¿cómo? ¿Vas a ponerte el sombrero, chiquilla? ¿Qué te pasa?

—Es por ganar tiempo... Al fin, en tomando el café hemos de irnos...

El meridional se acercó a Asís, y la contempló cara a cara, largo rato... La señora esquivaba el examen, poniendo, por decirlo así, sordina a sus ojos y un velo impalpable de serenidad a sus facciones. Le tomó Pacheco la cintura y, sentándose en el sofá, la atrajo hacia sí. Hablaba y reía y la acariciaba tiernamente.

—¡Ay, ay, ay...! ¿Esas tenemos? Mi niña está celosa. ¡Celosita, celosita! ¡Celosita de mí la reina del mundo!

Asís se enderezó en el sofá, rechazando a Pacheco.

—Tienes la necedad de que todo lo conviertes en substancia. La vanidad te parte, hijo mío. Yo no estoy celosa, y, si me apuras, te diré...

—¿Qué? ¿Qué me dirás? —prorrumpió Pacheco algo inmutado y descolorido.

—Que... es algo imposible eso de estar celoso cuando...

—¡Ah! —interrumpió el meridional, más que pálido, lívido, con voz que salía a *golpás*, según diría la señá Donata—. No necesitas ponerlo más claro... Enterado, mujer, enterado, si yo adivino antes que hables. Pa miserables tres horas o cuatro que nos faltan de estar juntos, y probablemente serán las últimas que nos hemos de ver en este mundo perro, ya pudiste callarte y procurar engañarme como hasta aquí... Poco favor te haces, si viniste aquí no queriéndome algo. Tú te habrás creído que yo me tragaba... ¡Y me llamas necio! Yo seré un vago, un hombre que no sirve para ná, un tronera, un perdido, lo que gustes; ¡pero necio! Necio yo..., ¡y en cuestiones de faldas! ¡Mire usted que es grande! Pero ¿qué importa? Llámame lo que quieras... y óyeme sólo esto, que te voy a decir una verdá que ni tú la sabes, niña. No me has querío hasta hoy, corriente... Hoy, más que digas por tema lo que te dé la gana, me quieres, me requieres, estás enamoraa de mí... Poquito a poco te ha ido entrando... y así que yo te falte, se te va a acabar el mundo. Esta es la fija... Ya lo verás, ya lo verás. Y por amor propio y por soberbia sales con la pata e gallo... ¡Te desdeñas de tener celos de mí! Bien hecho... Así como así, no hay de qué. Boba serías si tuvieses celos. Algún ratito ha de pasar antes de que yo me pierda por otras mujeres... ¡Maldita sea hasta la hora en que te vi...! Dispensa, ¡dispensa! No quiero ofenderte, ¿sabes?, ahora ni nunca. No sé lo que me digo... Pero digo verdad.

Soltaba esta andanada paseando por el pequeño recinto, como las fieras en sus jaulas de hierro; unas veces sepultaba las manos en los bolsillos del pantalón, y otras las desenfundaba para accionar con violencia. Su rostro, descompuesto por la cólera, perdiendo su expresión indolente, mejoraba infinito: se acentuaban sus enjutas facciones, temblaba el bigote dorado, resplandecían los blancos dientes, y los azules ojos se obscurecían, como el agua del Mediterráneo cuando amaga tempestad. El piso retemblaba bajo sus pasos; diríase que el aéreo nido iba a saltar hecho trizas. Aquella tormenta de verano, aquella cólera meridional, no cabía en el cuartuco.

Al encajar la puerta el mozo, los amantes se habían olvidado de que el nido tenía otro boquete, la ventana, abierta por Asís y dejada en la misma situación durante todo el almuerzo. Y la ventana justamente miraba al salón de baile, ocupado por parte de la bandada de gorriones, entretenidísimas a la sazón en atisbar la riña amorosa, mientras abajo Lolilla se consagraba al carnero y al arroz.

—Anda..., ella está de morros con él... Está amoscá.

—Porque bailó con nusotras... Me lo malicié, hijas.

—¡Jesús! Pus no se ha resquemao poco... ¡Qué gesto!

—¡Ay! ¡Miales! Él le está haciendo cucamonas pa que se le pase... ¡Ole...! Hombre, no nos ponga usté el gorro... Siquiera pa repichonear podían tener la ventana cerrá.

—¿Quién os manda mirar?

—Pa eso tiene una los ojos... ¡Calle...! Pus ella, en sus trece... Que nones... Las orejas le calienta ahora.

—¡Virgen! ¿Qué cosas le habrá icho, pa que él se enfade así? Mueve los brazos que paecen aspas de molino... ¿A que le pega?

—¿Que lae pegar, mujer, que lae pegar? Eso a las probes. A estas pindongas de señoronas, los hombres les rinden el pabellón. Y eso que cualisquiera de nosotras les pue vender honradez y dicencia. Digo, me paece...

—No, pus enfadao ya está.

—¿Va que acaba pidiendo perdón como los chiquillos? ¿No lo ije? Miale... más manso que un cordero... Ella na, espetá, secatona..., vuelta a la manía de ponerse el abrigo... Se quie largar... ¡Madre e Dios, lo que saben estas tunantas! Me lo maneja como a un fantoche... ¡Qué compungío que está...! ¿A que se pone de rodillas, pa que le echen la solución? ¡Ay, qué mujer, paece la leona del Retiro! Empeñá en que me voy... Y se sale con la suya... Mia... ¡Se largan!

La turba se precipitó por la escalera del merendero. Verdad: Asís se largaba, se largaba. Salía tranquilamente, sin prisa ni enojo: hasta sonrió a Lolilla, que armada del soplador de mimbres avivaba el fuego. Con voz serena explicó al mozo, atónito de semejante deserción, que se les hacía tarde, que no podían aguardar ni un minuto más; que avisase al cochero, el cual probablemente estaría con el simón por allí, en alguna sombra. Mientras Pacheco, demudado, con pulso trémulo, buscaba en el portamonedas un billete, Asís trazaba en el piso rayas con la sombrilla, hasta dibujar una celosía complicada y menuda. Al terminarla extendió la mano; cogió una ramita florida de la acacia que sombreaba el merendero y se la sujetó en el pecho con el imperdible. Acercose obsequiosa la señá Donata, ofreciendo a sus huérfanas, sus nietecitas, «pa juntar un ramo de cacias y de mapolas, si a la señorita le gustan...». Dio Asís las gracias rehusando, porque se marchaba acto continuo; y, acercándose disimuladamente a la vieja, le deslizó algo en la mano, recia y curtida cual la piel del arenque. Acercose el simón: sin duda el cochero se había atizado un par de tragos, porque su nariz echaba lumbre, reluciendo al sol como la película roja que viste a los pimientos riojanos. La señora tomó por la escalerilla que bajaba desde el puente; Pacheco la siguió...

—En el coche harán las paces —piaron las gorrionas mayores—. ¿A que sí?

—La fija. En entrando...

Grande fue el asombro de aquellas aves más parleras que canoras, viendo que, tras un corto debate al pie de la portezuela, la señora tendió la mano a Pacheco, y este llevó la suya al sombrero saludando, y el simón arrancó a paso de tortuga, bamboleándose sobre la polvorosa carretera.

—Pus ella vence... Me lo deja plantadito.

—¿A que él se nos vuelve aquí? —indicó la gorriona primogénita, alisando con la palma las grandes peteneras de su peinado, untadas de bandolina.

No volvió el muy... Ni siquiera torció la cabeza para hacerles un saludo o enviarles una sonrisa de despedida. ¡Fantasioso! Estuvo pendiente del simón mientras este no traspuso los hornos de ladrillo; luego, cabizbajo, echó a andar a pie.

XXI

La buena fe, que debe servir de norma a los historiadores así de hechos memorables como de sucesos ínfimos, obliga a declarar que la marquesa viuda de Andrade se dedicó asiduamente —desde las dos de la tarde, hora en que llegó a su casa, hasta cerca de las nueve de la noche— a la faena del arreglo definitivo de su equipaje, resolviendo la marcha para el siguiente día, sin prórroga. El trajín fue gordo, y aumentó sus fatigas el desasosiego moral de la señora. Anduvo hecha un zarandillo; removió hasta el último trasto de la casa; mareó a la Diabla; aturrulló a los demás criados; y, al agitarse así, la impulsaban sus nervios, tirantes como cuerdas de guitarra, al par que sentía una especie de punzada continua en el corazón, un calor extraño en el epigastrio, un saborete amargo en la boca. Después de haber comido —por fórmula y sin ganas— pidiole Ángela licencia, ya que era el último día, para decir adiós a su hermana. La negó en un arranque de cólera; la otorgó dos minutos después. Y así que la chica batió la puerta, la señora, rendida de cuerpo, más encapotada que nunca de espíritu, se retiró a su dormitorio... Tenía que poner el S. D. a un sinnúmero de tarjetas; pero ¡estaba tan molida!, ¡de humor tan perro! Además la punzadita aquella del corazón se iba convirtiendo en dolor fijo, intolerable... ¿Se aplacaría un poco recostándose en la cama? A ver...

Cerró los ojos, mascando unas hieles que tenía entre la lengua y el paladar. ¿A qué venían las hieles dichosas? Ella había obrado bien, mostrándose digna y entera. En realidad, ningún desenlace mejor para la historia. De un modo o de otro ello iba a acabarse; era inevitable, inminente: mejor que se acabase así... Porque si aquella última entrevista fuese muy tierna, qué tristeza y qué... Nada; mejor así, mejor cien veces. Ella había tenido razón sobrada: una cosa son los celos, otra el amor propio y el decoro de que nunca está bien prescindir. Y a quién se le ocurre, allí, en su propia cara, ponerse a bailar con... Veía el salón de baile aéreo, el brincoteo de las gorrionas, los incidentes del almuerzo... y las hieles se volvían más amarguitas aún. Cierto que ella fue quien abrió puertas y ventanas: de todos modos, el proceder de Pacheco... Sí... buen tipo estaba Pacheco. En viendo una escoba con faldas... ¡Ay, infeliz de la mujer que se fiase de sus exageraciones y sus locuras! ¡Requebrar a las cigarreras así, delante de...! ¡Y qué fatuo! ¡Pues no había querido convencerla de que estaba enamorada de él! ¿Enamorada? No, no señor, gracias a Dios... Conservaría sí un recuerdo..., un recuerdo de esos que... Allí tenía, en el medallón de oro, junto al pelo de Maruja, una florecita de la acacia blanca... ¡Qué tontera! Lo probable es que a Pacheco no volviese a verle nunca más... Y esta punzada del corazón, ¿qué será? Será enfermedad, o... Parece que lo aprieta un aro de hierro... ¡Jesús, qué cavilaciones más simples!

Bregando con la imaginación y la memoria, se quedó traspuesta. No era dormir profundo, sino una especie de somnambulismo, en que las percepciones de la vida exterior se amalgamaban con el delirio de la fantasía. No era la pesadilla que causa la ocupación de estómago, en que tan pronto caemos de altísima torre como volamos por dilatadas zonas celestes, ni menos el sueño provocado por la acción del calor del lecho sobre los lóbulos cerebrales, donde, sin permiso de la honrada voluntad, se representan imágenes repulsivas... Lo que veía Asís, adormecida o mal despierta, puede explicarse en la forma siguiente, aunque en realidad fuese harto más vago y borroso.

Encontrábase ya en el vagón, con la Diabla enfrente, la maletita y el lío de mantas en la rejilla, el velo de gasa inglesa bien ceñido sobre la toca de paja, calzados los guantes de camino, abrochado hasta el cuello el guardapolvo. El tren adelantaba, unas veces bufando y pitando, otras con perezoso cuneo, al través de las eternas estepas amarillas, caldeadas por un sol del trópico. ¡Oh, Castilla la fea, la árida, la polvorosa, la de monótonos aspectos, la de escuetas lontananzas! ¡Oh, sombría mole, región desconsolada del Escorial, qué felicidad perderte de vista! ¡Oh, calor, calor del infierno, cuándo acabarás! Asís sentía que el sol, al través de las cortinas corridas que teñían con viso azul el departamento, se le empapaba en los sesos como el agua en una esponja, y que en sus venas la sangre se volvía alquitrán, y la punta de cada filete nervioso una aguja candente, y que los ojos se le salían de las órbitas, igual que a los gatos cuando los escaldan... El polvillo de carbón, unido al de los páramos castellanos, entraba en remolinos o en ráfagas violentas, cegando, desvaneciendo, asfixiando. No valía manejar desesperadamente el abanico: como toda la atmósfera era polvo, polvo levantaba al agitar el aire, y polvo absorbían los sedientos pulmones. «¡Agua! ¡Agua! ¡Agua por Dios! Ángela, va una botella llena ahí en el cesto...». Revolvía la Diabla el fondo de la canastilla..., nada: sin duda el agua se había olvidado. ¡Ah!, una botella... El vaso plano... Asís bebía. ¡No es agua, no es agua! Es manzanilla, jerez, brasa líquida, esas ponzoñas que roban el juicio a las gentes... Venga un río, un río de mi tierra, para agotarlo de un sorbo... Mientras la señora gemía, el inmenso foco del sol ardía más implacable, como si estuviesen echándole carbón, convertidos en fogoneros, los arcángeles y los serafines. Y así atravesaban la pedregosa tierra de Ávila, con sus escuadrones de enormes cantos, y las llanuras de Palencia, y los severos desiertos de León, y la vieja comarca de la Maragatería. ¡Que me abraso...! ¡Que me abraso...! ¡Que me muero...! ¡Socorro...!

¡Aah! ¿Qué ocurre? Salimos del país llano... ¡Montes queridos! Cada túnel es una inmersión en la noche, un baño en un pozo: al volver a la claridad, montañas y más montañas, revestidas de frondosos castañares, y por cuyas laderas... ¡oh, deleite!, se despeñan saltando manantiales, cascaditas, riachuelos, mientras allá abajo, caudaloso y profundo, corre el Sil... Las mismas rocas sudan humedad; de la bóveda de los túneles rezuman gotas gordas; el suelo se encharca. Al principio, Asís revive como el pez restituido a su elemento: su corazón se dilata, cálmase el hervor de su sangre, se aplaca la horrible sed. Pero los riachuelos van engrosando; los túneles menudean, lóbregos, pantanosos; al término se divisa un cielo color de panza de burro, muy bajo, en el cual se acumulan nubes preñadas de agua, que al fin, abriendo su seno, dejan caer, primero en delgados hilos, luego en cerrada cortina, la lluvia, la eterna lluvia del Noroeste, plomo derretido y glacial, que solloza escurriendo por los vidrios. Y aquella lluvia, Asís la siente sobre el corazón, que se lo infiltra, que se lo reblandece, que se lo ensopa, hasta no poder admitir más líquido, hasta que, anegado de tristeza, el corazón empieza también a chorrear agua, primero gota a gota, luego a borbotones, con fúnebre ruido de botella que se vacía...

Pan, pan. Dos golpes en la puerta de la alcoba... —¡Jesús...! ¿Quién? Pero ¿dormía o soñaba o qué es esto? —Y la señora palpaba la almohada—. Húmeda, sí... Los ojos... También los ojos... ¡Lágrimas! ¿Quién está...? ¿Quién?

—Yo, amiga Asís... Gabriel Pardo... ¿He venido a molestar? Por Dios, siga usted con sus preparativos... Me he encontrado a la chica; me dijo que mañana sin falta salía usted para nuestra tierra... Cuánto sentiré incomodarla... Me retiro, me retiro.

—Por Dios... De ningún modo... Tome usted asiento... Salgo en seguida... Estaba lavándome las manos.

Y, en efecto, se oía ruido de chapuzón, de lavaroteo. Pero nos consta que lo que lavaba la señora eran los párpados. Luego se dio polvos, se compuso el pelo, se arregló los encajes de la gola. Apareció muy presentable. Pardo había tomado un periódico, creo que *La Época*, y leía distraído, sin entender: «La dispersión veraniega ha comenzado. Parten hoy para Biarritz en el expreso el duque de Albares, las lindas señoritas de Amézaga...».

Apenas habían tenido tiempo los dos paisanos para trocar unas cuantas frases de excusa, cuando se oyó sonar la campanilla y en el corredor retumbaron pasos fuertes, varoniles. De sofocada, la señora se volvió pálida: una sonrisa involuntaria y una luz vivísima cruzaron por sus labios y sus ojos. Pacheco entró y, al verle, el comandante Pardo reprimió el impulso de pegarse un cachete en el hueso frontal.

—¡Ya pareció aquello! ¡Se despejó la incógnita! ¡Y decir que no hará dos semanas que se conocieron en casa de Sahagún! ¡Mujeres...!

El gaditano —lo mismo que si se propusiese evidenciar lo que Pardo adivinaba— apenas se hubo sentado sacó del bolsillo un tarjetero de piel inglesa, con monograma de plata, y se lo entregó a Asís, murmurando cortésmente:

—Marquesa... las señas que usted me pidió que le trajese. Las señas de la pitillera... ¿no recuerda usted? Puede usted copiarlas, o quedarse con el tarjetero, si gusta... Viéndolo se acuerda usted más del empeñillo.

¡Ay! Asís trasudaba. Era para volarse. ¡Vaya un pretexto que daba a su visita nocturna el bueno del gaditano! Si lo quería más claro don Gabriel...

Miró al comandante, que se hacía el sueco, tratando de no ver el tarjetero dichoso. No hay posición más desairada que la de tercero en concordia, y don Gabriel, notando la ojeada expresiva que trocaron Pacheco y Asís, creía estar sentado sobre brasas, tanto le apretaban las ganas de quitarse de en medio. Pero convenía hacerlo con habilidad y educación. Un cuarto de hora tardó en preparar la retirada honrosa, echándole el muerto al Círculo Militar, donde aquella noche había una conferencia muy notable. Los círculos, ateneos y clubs serán siempre instituciones benéficas, por lo que se prestan a encubrir toda escapatoria masculina —así la del que va en busca de la propia felicidad, como la del que evita el espectáculo de la ajena—, verbigracia, Pardo.

Aflojó el paso al llegar a la esquina de la calle, y se puso a reflexionar acerca del impensado descubrimiento. Raro es que el amigo de una dama, en caso semejante, no desapruebe la

elección. —¡Cómo escogen las mujeres! En dándoles el pun-
tapié el demonio... Indulgencia, Gabriel; no hay mujeres, hay
humanidad, y la humanidad es así... Esta desazón, además, se
parece un poquito a la envidia y al des... No, hijo, eso sí que
no: despechado no estás: lo que pasa es que ves claro, mientras tu pobre amiga se ha quedado ciega... ¡Cómo se transfor-
mó su fisonomía al entrar el individuo! La verdad: no la creí
capaz de echarse un amante... y menos ese. O mucho me equivoco o le cayó que hacer a la infeliz. Ese andaluz es uno de los
tipos que mejor patentizan la decadencia de la raza española.
¡Qué provincias las del Mediodía, señor Dios de los ejércitos! ¡Qué hombre el tal Pachequito! Perezoso, ignorante,
sensual, sin energía ni vigor, juguete de las pasiones, incapaz
de trabajar y de servir a su patria, mujeriego, pendenciero, es-
céptico a fuerza de indolencia y egoísmo, inútil para fundar
una familia, célula ociosa en el organismo social... ¡Hay tantos así! Y, sin embargo, a veces medran, con una apariencia de
talento y la viveza propia del meridional; no tienen fondo, no
tienen seriedad, no tienen palabra, no tienen fe, son malos padres, esposos traidores, ciudadanos zánganos, y los ve usted
encumbrarse y hacer carrera... Así anda ello. Ya las mujeres...
qué diablo, estos hombres les caen en gracia... Eh, dejémonos
de *clichés*... Asís, que es de otra raza muy distinta, necesita
formalidad y constancia; la compadezco... Bueno es que no
se casará; no, casarse no lo creo posible. De esa madera no se
hacen maridos. Como aventura tendrá sus encantos... ¡Qué
casualidad! Y dirán que no hay coincidencias... ¡Tarjetero, tarjetero...!

Así meditaba el comandante. ¿Era injusto o sagaz? ¿Obe-
decía a su costumbre de analizarlo todo, o a una puntita de

berrinche? Se caló los lentes y se retorció la barba. ¿Adónde iría?

—Al Círculo Militar, ya que me sirvió de pretexto para escurrir el bulto. ¡Poco gusto que les habrá dado cuando yo tomé la puerta...!

Tras esta ingrata reflexión apretó a andar. La obscuridad de la noche le exaltaba, y ese grupo que ve con la fantasía todo el que sale huyendo de hacer mala obra a dos enamorados se empeñaba en flotar, vaporoso e irónico, ante don Gabriel. Fortuna que este género de visiones no suele resistir a los efectos anodinos de una conferencia sobre «Ventajas e inconvenientes del escalafón en los cuerpos facultativos».

XXII

EPÍLOGO

No entremos en el saloncito de Asís mientras dure el tiroteo de explicaciones (¡cosa más empalagosa!), sino cuando la pareja liba la primera miel de las paces (empalagosísima también, pero paciencia). Ni Pacheco pregunta ya nada acerca de don Gabriel Pardo y su amistad, ni Asís se acuerda del baile en el merendero. El gaditano habla al oído de la señora.

—Pero ¿tú te creíste que yo no sabía que mañana te vas? A Diego Pacheco no se la ha pegado ninguna hembra... ¡Niña boba! Esta mañana ya habías dispuesto la marcha, claro que sí, y si te viniste a almorsá conmigo, fue que te di un poquillo de lástima... Decías tú allá en tus adentros: sólo faltan horas; vamos a complacer a este, que tiempo habrá de que estalle la bomba y dejarlo plantao... ¡Y ahora también piensas en cosas así, muy tristes; en que ya no nos vemos, en que se acaba el cariñito y las fatigas y el verme y el hablarme...! ¡Ay, chiquilla! Me quieres tú mucho más de lo que te figuras. No te has tomado el trabajo de echar la sonda ahí en ese pechito... ¡Tonta! ¡Cómo te acordarás de estos ratos, allá en tu país, entre aquella gente sosaina! Aquí se queda un hombre que te quería también un poquitillo... ¡Pobrecita, la nena!

No estaban los amantes abrazados, ni siquiera muy juntos, pues Pacheco ocupaba el sillón, y el diván Asís. Sólo sus manos, encendidas por la misma fiebre, se buscaban, y, habiéndose encontrado, se entrelazaban y fundían. Callaron entonces y fue el instante más hermoso. Por el mudo diálogo de los ojos y por el contacto eléctrico de las palmas, se enviaban el espíritu en arrobo inefable. Con la nueva y victoriosa dulzura de semejante comunicación, Asís sentía que se mezclaba un asombro muy grande. Miraba a Pacheco y creía no haberle visto nunca: descubría en su apostura, en su cara, en sus ojos, algo sublime, que realmente no existía, pero que la señora debía encontrar en aquel instante, pues así sucede en toda revelación para que resplandezca su origen superior a la materia inerte y al ciego acaso, y a Asís se le revelaba entonces el amor. Poco a poco, sin conciencia de sus actos, acercaba la mano de Diego a su pecho, ansiosa de apretarla contra el corazón y de calmar así el ahogo suave que le oprimía... Sus pupilas se humedecieron, su respiración se apresuró, y corrió por sus vértebras misterioso escalofrío, corriente de aire agitado por las alas del Ideal.

—No estés tan tristón —tartamudeó con blandura mimosa.

—Sí que estoy triste, prenda. Y es por ti. Estoy de remate. Estoy hasta enfermo. No sé por dónde ando. Parece que me han dao cañaso. Es un mal que se me entra por el alma arriba. Si sigo así, guardaré cama. Después que te vayas la guardaré... Es cosa rara, chiquilla. ¡Válgame Dios, a lo que llega un hombre!

—Te pones tan lejos... Aquí, cerquita —murmuró la señora con el tono con que se habla a los niños.

—No..., déjame aquí... Estoy bien. Mira tú qué cosas más raras hace la guilladura cuando entra de verdad. Ni ganas tengo de acercarme; la manita me basta...

—¿No te gusto?

—No como me gustarían otras. ¡Ah! Ya sabes si tengo ilusión por ti... Y así y todo..., ahora prefiero callar y no acercarme, gloria... ¡Ay...! Pero ¿qué es eso? ¿Llora mi niña?

Puede que llorase, en efecto. No debía de ser el reflejo de la lámpara lo que tanto relucía en su mejilla izquierda... Pacheco exhaló un suspiro y se puso en pie, desenclavijando su mano de la de Asís.

—Me voy —pronunció con voz alteradísima, ronca, resuelta.

De un brinco se levantó Asís, echándole los brazos al cuello y sujetándole.

—No, Diego, que no... ¡Vaya una ocurrencia! ¡Irte ya! ¡Pues si apenas llegaste! ¿Cómo irte? ¿Tienes que hacer? No, irte no quiero.

—Niña... El mal camino andarlo pronto. No tengo ánimos para más. Estoy que con una seda me ahogan. ¿A qué aprovechar unos minutos? Es la despedida. Yéndome ahora me ahorro alguna pena. Adiós, querida... Cree que más vale así.

—No, no, no te vas... Por lo mismo que ya es la última noche... Diego, por Dios, mi vida... Tú quieres sacarme de quicio. No puede ser.

Pacheco sujetó los brazos de la señora y, mirándola de hito en hito, exclamó con firmeza:

—Piénsalo bien. Si me quedo ahora, no me voy en toda la noche. Reflexiona. No digas después que te pongo en berlina. Te conviene soltarme. Tú decidirás.

Asís dudó un minuto. Allá dentro percibía, a manera de inundación que todo lo arrolla, un torrente de pasión desatado. Principios salvadores, eternos, mal llamados por el comandante *clichés*, que regís las horas normales, ¿por qué no resistís mejor el embate de este formidable torrente? Así articuló, oyendo su propia voz resonar como la de una persona extraña:

—Quédate.

El plan era absurdo y, sin embargo, los medios de realizarlo se presentaban entonces asequibles, rodados. La Diabla, fuera de casa, por casualidad feliz; la cocinera lo mismo; cuestión de engañar a Imperfecto, que era la quinta esencia de la bobería, y a la portera, que siempre estaba dormitando a tales horas. Para conseguir el apetecido resultado, combinose un atrevido plan de entradas y salidas, de pases y repases, que hizo reír a los dos delincuentes... Y a las doce de la noche, las puertas de la casa se hallaban cerradas, y dentro de ella el contraventor de las pragmáticas sociales y de las leyes divinas.

Si la cosa no hubiese pasado de aquí, creo sinceramente, lector amigo, que no merecía la pena, no ya de narrarla, sino hasta de mencionarla en estos libros de memorias y exámenes de conciencia de la humanidad, que se llaman novelas. Porque aun siendo el caso tan desatinado y enorme; aun constituyendo una atrevida infracción de todo lo que no debe, ni puede infringirse, bien cabe suponer que en las fiebres pasionales tiene algo de necesario y fatídico, cual en las otras fiebres, la calentura. Pero lo que me parece verdaderamente digno de tomarse en cuenta, como dato singular y curioso; lo que quizá convendría analizar sutilmente —si no es preferible dejarlo sugerido a la imaginación del lector para que lo deduzca y reconstruya a su modo— es la causa, la génesis y el rápido desarrollo de aquella idea inesperadísima, que desenlazó precipitada y honrosamente la historia empezada por tan liviano y censurable modo en la romería del Santo...

¿A cuál de los dos amantes, o mejor dicho, aunque la distinción parezca especiosa, de los dos enamorados, se le ocurrió primero la *idea*? ¿Fue a él, como único paliativo, heroico pero infalible, de su extraña guilladura? ¿Fue a ella, como medio de conciliar el honor con la pasión, el instinto de rectitud y el respeto al deber que siempre guardara, con la flaqueza de su voluntad ya rendida? ¿Fue que esa *idea*, profundamente lógica (y en el caso presente tal vez expiatoria), se presenta a la vuelta del amor, tan fatalmente como sigue a la aurora el mediodía, al crepúsculo la noche y a la vida la muerte?

Que cada cual lo arregle a su gusto y rastree y discurra qué caminos siguieron aquellos espíritus para no reparar en inconvenientes, no recelar de lo futuro, cerrar los ojos a problemas del porvenir y mandar a paseo las sabias advertencias de la razón, que tiembla de espanto ante lo irreparable, lo indisoluble, lo que lleva escrito el letrero medroso: «Para siempre», y avisa que de malos principios rara vez se sacan buenos fines. Y reconstruya también a su modo los diálogos en que la *idea* se abrió paso, tímida primero, luego clara, imperiosa y terminante, después triunfadora, agasajada por el amor que, coronado de rosas, empuñando a guisa de cetro la más aguda y emponzoñada de sus flechas, velaba a la puerta el aposento, cerrando el paso a profanos disectores.

Por eso, y porque no gusto de hacer mala obra, líbreme Dios de entrar hasta que el sol alumbra con dorada claridad el saloncito, colándose por la ventana que Asís, despeinada, alegre, más fresca que el amanecer, abre de par en par, sin recelo o más bien con orgullo. ¡Ah!, ahora ya se puede subir. Pacheco está allí también, y los dos se asoman, juntos, casi enlazados, como si quisiesen quitar todo sabor clandestino a la entrevista, dar a su amor un baño de claridad solar, y a la vecindad entera parte de boda... Diríase que los futuros esposos deseaban cantar un himno a su numen tutelar, el sol, y ofrecerle la primer plegaria matutina.

—Está el gran día, chichi... —exclamaba Pacheco—. Vas a tener un viaje...

—¿Y para el tuyo? ¿Hará buen tiempo?

—Lo mismo que ahora. Verás.

—¿Despacharás en ocho o diez días la ida a Cádiz?

—No que no. Y la aprobación del papá y too. Muerto está él porque me case y siente la cabeza. Le diré que después de la boda me presento diputao por Vigo con la ayuda del papá suegro. Verás tú. Para despabilar un asunto me pinto solo... cuando el asunto me importa, ¿sabes?

—¿Escribirás todo lo que prometiste?

—Boba.

—Simplón, monigote, feo.

—Reina de España.

—En Vigo..., ya sabes... formalidad.

—Hasta que el cura... —Pacheco hizo con la mano derecha un ademán litúrgico muy significativo—. Entretanto... me dedicaré a tu chiquilla. ¿Eh? A los dos días... te la he conquistao. Puede que te deje plantaíta a ti pa casarme con ella.

Siguieron algunas bromas y ternezas más, que ni hacen al caso, ni deben figurar aquí en modo alguno. De repente, Diego tomó la mano derecha de la señora, preguntando:

—¿Te acuerdas tú de una buenaventura que te echaron en la feria?

E imitando el acento y modales de la gitana, añadió:

—Una cosa diquelo yo en esta manica, que hae suseder mu pronto y nadie saspera que susea... Un viaje me vasté a jaser, y no ae ser para má, que ae ser pa satisfasión e toos... Una presoniya está chalaíta por usté...

El gaditano, siempre presumido, agregó:

—Y usté por ella.